KB276233

하늘 매발톱

꽃과 나무와 새, 달콤쌉싸름한 田園生活,

아름다운 歸村과 고향야기가 함께하고 있습니다.

새로운 농촌풍광과 잃어버린 고향을 되찾고 싶다면….

윤희경의 포토에세이 · 山村日記

그리운 것들은 山 밑에 있다

글 · 사진 윤희경

도서출판 신세림

차례

가을秋

그리운 것들은 산 밑에 있다

겨울 冬

-팔딱이는 생명체와 시적감동에 대하여
 李寬熙(e-수필 편집주간)

자 서
自序

쪽빛강물이 흐르는 북한강상류를 따라 시골마을로 들어와 농사를 지은 지 여러 해가 되어갑니다. 숲으로 둘러싸인 산 끝자락에 오두막 하나 지어놓고 살다보니 산山사람이 다 되었습니다. 눈을 뜨면 보고 듣는 것이 물소리 바람소리, 꽃과 나무와 새, 맑은 햇살과 흙 냄새입니다.

낮엔 농사를 짓고 밤엔 글공부를 합니다. 때로는 청설모, 다람쥐, 토끼, 너구리와 이야기를 나누고 이슬 한 방울에도 감탄하며 산방일기를 엮어갑니다.

오랜 시간, '고향이야기'를 주제로 글을 쓰며 고향을 잃어버렸거나 그리운 사람들에게 새로운 고향과 구수한 흙냄새를 전갈해주고 있습니다.

농사일 틈틈이 짬만 나면 논밭이나 산과들을 쏘다니며 글감을 모으고 사진을 찍습니다. 누가 보면 '미치지 않고서야' 할 정도로 바쁘게 움직거리며 분주를 떨어댑니다.

그 동안 보고 듣고 몸소 체험한 고향소식과 농촌 풍경 등, 좀 색다른 산골짝 이야기들을 세상에 내놓습니다. 그러나 또 한편 걱정이 앞서기도 합니다. 그만 서툰 몸짓이 자연의 순수와 조화를 망가뜨리지 않을까 조심스러워서입니다.

지금까지 곁에서 글동무가 되어준 고향사람들과 꽃과 나무와 새들에게 이 글을 바칩니다.

북한강상류 솔바우농원에서
2009년 봄 윤 희 경

추천하는 글

꽃과 나무와 새, 추억이 함께하는 고향이야기

수필가 이 희 수

　꽃과 나무와 새 그리고 추억이 함께하는 윤희경의 "그리운 것들은 산 밑에 있다"는 기억 속에 묻어두었던 오래된 앨범처럼 옛 우리네 산골마을 이야기와 고향소식을 엮은 에세이집이다.

　고향을 잃어버렸거나 잊혀 진 이들에 대한 사무침이 아직 가슴 속에 남아있다면, 윤희경의 에세이가 왜 가슴을 설레게 하는 지 단박에 알 수 있다. 구수한 흙냄새와 들꽃 한 송이, 자연처럼 살아가는 솔바우 마을 사람들의 삶을 통해 지은이가 예사 농부가 아니라는 사실을 감지하게 된다.

　인문계 고교 베테랑 문학교사였던 저자가 천직이라 생각하던 교직을 접고 귀농을 결심, 새로운 삶을 개척하 나간다. 지식인의 귀농이 대부분 실패로 끝나는 것에 비해 그는 솔바우 마을 윤농부로 확실하게 자리를 잡는다. 자신을 비웠기 때문이다.

　"그리운 것들은 산 밑에 있다."에는 두레밥, 똬리, 고지박, 번지질 등 하나같이 낯설지만 소중한 언어들이 자주 등장한다. 생물도감이라도 펼쳐놓아야 제대로 이해가 될 듯싶게 야생화를 비롯해 새와 풀 그리고 앉은뱅이 썰매, 수정 고드름 심지어는 노루, 꽃뱀, 도롱뇽, 청설모까지 심심찮게 묘사돼 자연사 박물관을 방문하는 느낌마저 든다.

　또 종종 이웃에 사는 농부나 어린이들과의 대화를 통해 자연과 농촌체험 안내도 함께하고 있다. 따라서 이제까지 수필에서 보기 힘든 새로운 변화는 물론, 북한강 주변의 사진들을 함께하다 보면 들꽃 사진전시회를 만난 듯 풋풋하고 신선하다.

　그의 애세이는 살아 숨 쉬는 자연과 생기 넘치는 삶의 모습을 바탕으로 하고 있다. 작가는 인간이 자연과 함께 누려야할 가치와 희망을 쉽고도 간결하게 이야기하면서도 아주 작고 사소한 것들을 그대로 지나치지 않는다. 보잘것 없는 것들에게 생명의 가치를 부여해주며, 어떻게 사는 것이 행복한 삶인지를 잔잔하게 일깨워준다.

자연과 가까운 이야기를 쓰면서도 결코 컨잡한 시류에 빠지지 않는 것은 작가의 절제된 사고 덕분이다. 굳이 어휘력을 강조하지 않아도 윤희경의 문체는 물 흐르듯 유려하기 짝이 없다. 따라서 이 책을 읽는 또 다른 즐거움은 겸손함이 몸에 배인 작가의 해박한 지식에 감탄하면서 떠나는 문체와의 여행이다.

작가 윤희경이 독자에게 선물한 아름다운 고향을 가슴에 품을 수 있는 시간에 감사드리며 작가를 사랑할 수밖에 없는 귀한 책이라고 자신 있게 추천한다.

노루귀

# 봄

春

연두 빛 3월

행진과 전진의 달이라고들 하지요.
다시 시작하고 일어서는 설렘
이 봄을 바람으로 맞이하렵니다.

아! 바람 불어 좋은 날

봄을 만나는 길목에선
늘상
새로운 향기가 많이도 말을 걸어옵니다.
살아 있다는 사실 하나만으로도
아직 가슴이 뛰고 설레기 시작합니다.

꽃들의 잔기침 소리가 예서 불뚝, 제서 불뚝 솟아날 때마다
바람 속에 묻어나온 풀냄새, 꽃냄새, 봄 내음에 겨워
몸살을 앓기 시작합니다.

연두 빛 3월, 행진과 전진의 달이라고들 하지요.
다시 시작하고 일어서는 설렘,
이 봄을 바람으로 맞이하렵니다.

변산 바람꽃

변산 바람꽃

십오 년 전 어느 바람 불던 봄날, 귀농해 농사일을 시작했기 때문에
지금도 이맘 때면 밤잠을 설치곤 합니다.

진달래와 변산 바람꽃망울이 터지는 소리에 놀라
팽팽한 긴장감으로 가슴을 졸이다가,
노란 수선화와 남산 제비꽃 앞에
편안하고 아늑한 마음으로 이 봄을 맞이합니다.

내가 꽃이 되는 봄
봄바람에 겨워 조용히 가슴을 여는 변산 바람꽃이 말을 걸어옵니다.
"한 번만 쓰다듬어주세요, 얼른요."

아, 바람 불어 좋은 날.

---

* '변산 바람꽃' 은 등산가 '두렁' 님이 출판기념을 축하해 보내주신 이미지입니다.

"오목아, 제비꽃이 피었어"

봄비가 지나간 자리, 메말랐던 대지가 촉촉하다. 푸른 비라고나 할까, 황사로 꺼칠했던 산과 나무와 강물이 파란 빛으로 옷을 갈아입기 시작한다. 며칠 동안 감자를 심느라 흙먼지를 뒤집어 쓴 내 가슴에도 푸른 생명의 소리가 들려온다.

병아리 솜털만한 봄볕 사이로 제비꽃, 꽃다지, 냉이들이 흙 속을 보듬고 나온다. 이 꽃들은 키가 하도 작아 허리를 굽혀야 눈 맞춤을 주고 무릎을 꿇어야 손을 내민다.

제비꽃은 오십여 가지가 넘는다는데 숱한 종류들을 다 구별할 재간이 없다. 내가 아는 제비꽃은 몇 가지가 안 된다. 하나는 보랏빛이고, 또 하나는 노랑 제비꽃, 다음은 남산제

비꽃이다. 제비꽃만
보면 지금도 봄바람이
일어난다.

　총각선생 시절, 제
비꽃이 막 꽃물을 터트
릴 무렵, 자그마한 소도시

중학교로 초임발령을 받았다. 처음 대하는 수업에 아이들 이름도 채
외우지 못해 절절 맬 무렵, 어린 여학생이 시도 때도 없이 제비꽃을
한 묶음씩 꺾어다 교탁위에 꽂아 놓고 수업시간에 자기만 쳐다보라고
응석을 부리는 바람에 얼굴이 붉어지곤 했다. '오목' 이라 했다.

　꽃샘추위도 지나고 을씨년스럽던 교실 온기가 따스해오며 아이들
과 호흡을 맞춰 수업이 달콤하게 익어가던 어느 날부터 꽃이 보이질
않았다. 꽃물 속으로 몸을 감춘 오목이의 척상만 덩그러니 자리를 지
키고 있었다. 폐렴이라 했다. 제비꽃 닮은 화분을 하나 사들고 병문안
을 갔다. 오목이가 이 꽃을 보면 얼마나 좋아할까 생각하니 또 얼굴이
붉어왔다.

　"오목아, 여기 제비꽃."
　"아, 예쁘기도 해라. 근데요 선생님, 이 꽃은 저비꽃이 아니고 팬지
예요."

“내가 보기엔 제비꽃보다 훨씬 더 요염하고 귀여운 데.”

“그럼, 선생님은 팬지나 사랑하세요.” 하더니만 창문 밖으로 얼굴을 돌리며 콜록콜록 잔기침을 해댔다.

“아, 미안, 난 꽃 이름을 잘 몰라서… 다음에 올 땐 제비꽃을 구해다 줄게.”

한 학기가 다 끝나 여름 방학이 되어도 오목이는 등교를 하지 않았다. 자퇴 원서를 냈다 했다. 병이 악화 돼 서울 큰 병원으로 옮겼으나 시리고 서러운 꽃물로 변했다 했다. 그리고 소녀는 ‘선생님, 다음 세상엔 제비꽃으로 피어나 선생님을 기다리고 있을께요.’ 한 마딜 남겼다 했다.

이른 봄, 팬지가 온 거리를 뒤덮고 화려한 자태를 뽐내 으스대면 제비꽃은 하찮은 잡초로 전락한다. 하루가 다르게 부쩍부쩍 자라나는 팬지의 기세 앞에 쪽도 못쓰고 살아야 한다.

“제비꽃, 너 까불면 나한테 혼날 줄 알아.”

“내가 언제 까불었어요?”

“혹시라도 사람들이 물이라도 주면 넌 아예 마실 생각은 말거라.”

“난, 물 안 마시고 밤에 내리는 이슬만 먹어도 살아요.”

“그리고 너, 오늘부터 나보고 형이라고 해.”

“……?”

“난, 이래 뵈도 삼색 제비
꽃이야, 알았어?”
　“형은 외래종이죠, 고
향이 어디세요?”

　그 날부터 제비꽃은
팬지가 뭐라 해도 말대
꾸를 하지 않았다. 그저

남산 제비꽃

그들 사이에 있는 듯 없는 듯 숨을 죽이고 살았다. 사람들이 옆을 스
쳐가며 ‘앉은뱅이’ 같다 하면 고갤 숙이고, ‘병아리 꽃’ 이라면 눈을
감았다.

　어인일인지 봄부터 가뭄으로 물이 귀했다. 열흘이 가고 한 달이 돼
도 비는 내리지 않았다. 요염하고 교만하기 짝이 없던 팬지는 쥐약 먹
은 생쥐처럼 시들어버리나 싶더니 이내 조부라지고 말았다. 그러나
제비꽃은 꼿꼿이 살아남아 시린 꽃물을 수없이 터뜨렸다. 그 때였다.
지나가던 바람과 구름 사이로 얼굴을 내민 따가운 햇살이 말을 걸어
왔다.

　“아, 제비꽃 너, 정말 아름답고 멋진 꽃이구나. 조금만 기다려, 곧
비님을 데려 올게.”

　푸른 비가 지나간 자리, 아무도 돌보지 않고 벌 나비가 찾아오지 않아도 여기저기 잘도 피어나는 제비꽃, 화려하게 빼기기보단 여리고 끈덕지게 살아남는 제비꽃, 많은 세월이 흘러갔건만 풋풋했던 시절, 보랏빛 꽃님을 아침마다 교탁 위에 꽂아놓고 꽃처럼 살라하던 오목이가 올해도 들판 가득 피어오르고 있다.

누나가 좋아하던 복수초

산기슭 눈과 얼음이 채 녹기도 전에 피어나는 꽃이 있습니다. 행복과 건강을 몰고 와 얼어붙은 가슴을 녹여내며 축복을 안겨주는 꽃, 복수초(福壽草)입니다. 땅 위에 불쑥 얼굴을 내밀어 '땅꽃', 얼음 사이를 비집고 솟아나 '얼음새꽃', 설 즈음에 핀다하여 '원일초(元日草)', 연꽃을 닮아 '설연화(雪蓮花)'라고도 부릅니다. 봄볕을 담뿍 받고 피어나 '황금의 꽃'이란 별명을 달고 있습니다.

얼음을 뚫고 솟아나는 얼음새꽃, 눈 사이를 비집고 나오는 '눈색이꽃' 부르기를 좋아합니다. 겨울의 끝자락을 작정 없이 밀어내고 강인

복수초

한 생명력으로 봄을 불러오기 때문입니다. 잔설들을 헤집고 지난한 몸짓으로 피어오르는 모습은 동트는 새벽이며 부서지는 아침햇살입니다.

복수초 피어나면 일을 멈추고 봄 마중을 떠나갑니다. 언 땅을 녹여 사정없이 치솟으면 어쩌자는 것인 지, 봄볕을 받아 꽃물이 터지기 시작하면 온몸의 신열이 나고 뿌리에선 식물난로처럼 김이 무럭무럭 솟아오릅니다.

복수초는 뜨거운 전설을 갖고 있습니다.
하느님 나라에 '크노맨' 이란 공주가 있었답니다. 얼마나 미인이었던지 그녀가 드레스자락을 나부끼면 태양은 황금빛을 내뿜고, 바람은 가던 길을 멈추었으며, 달은 머리카락을 만져보려고 가까이 다가서곤 했답니다. 눈을 한 번 꿈쩍이면 나는 새와 기는 짐승들도 눈이 멀 지경이었답니다.

왕은 신랑감을 물색하던 중 땅 부자 두더지와 결혼을 시키려고 갖은 꼼수를 다 썼답니다. 하필이면 못난 두더지와 짝을 맺어 주려하다니 참 딱하기만 합니다. 그러나 크노맨 공주는 태양만을 사랑했습니다. 화가 머리끝까지 치솟은 왕은 공주에게 벌을 내리려 하자, 춥고 어두운 겨울 밤 스산한 들판으로 도망을 치다 얼어 죽어 노란 꽃이 되었다는데….

그래서일까, 복수초는 갈색 대지 위에 샛노란 얼굴을 내밀고 태양

만을 기다립니다. 비나 눈이 내리면 이내 눈을 감고 있다가 태양이면
환한 미소로 봄 편지를 쓰기 시작합니다. 눈 속을 헤집고 애잔하게 피
어나는 복수 꽃, 태양이 솟아나면 가슴 무너져 울지도 못합니다. 입술
만 벙긋 웃지도 못합니다. 꽃말은 '영원한 사랑' '봄의 미소' '슬픈
추억' 입니다.

내게도 아리고 시린 추억하나 있습니다.
양지 말에 살던 누나는 일찍 세상을 떠났습니다. 태양을 닮은 둥근
얼굴과 얼음처럼 하얀 살결을 갖고 있던
소녀, 겨울 끝자락 등교 길이
었습니다. 털장갑을
내밀며 '손이 많
이 텄구나.' 했고,
목도리를 걸어주며
'목이 허전하겠
네.' 했습니다. 그
러나 단발머리에서 풍
겨나던 노란 꽃 내움만 알
았지 그 소리가 무슨 뜻인 줄 몰랐
습니다.

눈처럼 사라져간 풋풋한 향기, 누나는 복수초(福壽草)를 좋아했습

니다. 죽으면 샛노란 복수 꽃이 되고자 했습니다. 겨울이 떠나갈 무렵이면 날마다 복수 꽃 피어나는 소리 듣습니다. 바람 사이를 스쳐 오는 복수 꽃 버는 소리, 매운 겨울 숲을 건너가는 복수 꽃 선율을 들으며 이 봄을 맞이합니다.

봄의 전령사 복수초, 노란 꽃술이 터질 때마다 멈췄던 시간을 되돌려내고, 땅을 흔들어 깨우며 봄을 이고 나옵니다. 다른 식물들이 동면에서 깨어나 자리다툼을 시작하면 복수꽃은 벌써 저만치 물러나 있습니다. 서둘러 피어나 복을 나눠주고 훌쩍 떠나간 자리에 누나 냄새가 납니다. 누나를 닮은 꽃, 복과 부귀와 장수를 안겨주는 복수초, 올해엔 더 많은 복을 달라 해봅니다.

겨울이 뒷걸음질치고 있습니다. 따사로운 햇살에 묻어나는 복수꽃 내움, 허하고 시린 가슴 사이로 꽃바람이 일어납니다.

노루귀

응달말에 잔설이 녹아내리자 어제 저녁부터 암노루 한 마리 '캭 캭' 울어대며 한밤의 정적을 흔들어 놓습니다. 울음소리로 잠자리를 뒤척이다 새벽녘에 눈을 떠 보니 싱그러운 봄이 열리고 있습니다.

이젠 완연한 봄입니다. 산 빛이 파릇이 옷을 갈아입기 시작하고, 개 울물 소리도 가까운 거리에서 귀를 간질이고 있습니다. 온 동네가 이 른 아침부터 두엄을 파내 느라 경운기들이 '탈 탈 탈' 비탈 밭을 기어 올라갑니다.

노루귀

감자를 심으려면 밭 정리도 하고 거름 도 내야하는데 다녀와야

할 곳이 있습니다. 봄을 뚫고 일어서는 산 속 어린 생명들을 만나고 와야 이 봄의 갈증이 조금은 가라앉을듯합니다.

산은 환경미화원이 없어도 늘 깨끗하고 신선합니다. 겨우내 많은 새들과 짐승들이 먹고 싸놓았을 법도 하건만, 어디 한 군데 지저분한 곳 없이 산 냄새가 풍겨옵니다. 요즘엔 산새들의 노랫소리에서도 기름기가 찰찰 흘러납니다. '훌딱 벗고' '훌딱 벗고'… 겨우내 쌓였던 근심걱정일랑 털어버리고 산을 오르라 합니다.

노루귀를 만나러 노루목 언덕을 넘어갑니다. 잎이 무성하면 키가 작아 눈에 띄지 않기 때문에 서둘러야 볼 수 있습니다. 흰색, 분홍색, 청보라색의 어린 생명들이 봄을 열고 있습니다. 낙엽사이를 보듬고 올라오는 꽃봉오리들이 떨림으로 다가섭니다. 하늘의 별똥물이 떨어져 한 방울의 봄볕으로 흔들리고 있습니다.

노루귀는 원산지가 한국이라 자생력이 강하고 많은 색을 가지고 있습니다. 흰색은 봄을 알리는 고요와 적막으로, 분홍색은 봄물이 터지는 아픔으로, 청 보라색은 새로운 계절을 여는 희망으로 피어나 작은 바람에도 귀를 쫑긋거립니다. '쫑긋'은 차라리 떨림이요 숨이 멈춰버리는 날개 짓입니다.

꽃은 잎보다 한 발 앞서 땅속을 비집고 올라옵니다. 꽃줄기 끝에서

한 송이씩 하늘을 향해 피
어납니다. 꽃송이는 쌀
톨만 해 허리를 굽힐
줄 알고 겸손이 몸에
밴 사람에게만 모습을
보여줍니다.

노루귀

  꽃이 질 때 쯤 뿌리에
서 뭉뚝한 잎이 세 갈래로 나옵니다. 잎 뒷면 흰 솜털이 노루의 귀를
닮아 조상들은 '노루귀' 라는 이름을 달아 놓았습니다.

  어린 노루귀를 보고 있노라면 '청노루' 란 시가 제일 먼저 떠오릅니
다. 시를 되 뇌이다 보면 어느덧 삼월의 따사로운 햇살이 몸을 파고
스며듭니다.

  머언 산 청운사
  낡은 기와집

  산은 자하산
  봄눈 녹으면

  느릅나무

속잎 피어나는 열두 굽이를

청노루
맑은 눈에

도는
구름
- 박목월 〈청노루〉 전문

노루귀 닮은 잎

청노루, 청운사, 자하산은 순수와 평화로운 정신적 안식처일 터, 느
릅나무에 새 잎이 돋아나고 청노루 맑은 눈에 구름이 돌고 있습니다.
느리고 작은 생명들의 움직거림 속에 꿈틀거리고 있는 봄. 먼 곳에서
가까운 곳으로 시선이 클로즈업 느릿느릿 다가서는 봄.

모레쯤 봄비가 온다는 소식입니다. 산등성을 넘어가는 노루 한 마
리 가던 길 멈추고 겨우내 달려온 길을 자꾸만 되돌아봅니다. 봄풀을
찾아 '캥캥' 울어대는 암노루 얼굴에 봄빛이 감돌아 나옵니다.

나를 아니 부끄러워하시면…

참(眞)의 사전적인 뜻은 '겉과 속이 맞아 거짓이 없음' 으로 되어 있다. 꽃에도 참꽃과 개꽃이 있다. 참꽃은 진달래, 개꽃은 철쭉을 말한다. 둘 다 철쭉과에 속하면서 하나는 참꽃, 철쭉은 개꽃이다. 옛날 보릿고개나 흉년이 들면 밥 대신 진달래꽃으로 배를 채워야했기 진달래꽃은 참꽃이 되었다.

철쭉

철쭉 입장에선 뭐 이런 경우가 다 있나하고 가슴을 칠 일이지만, 목구멍이 포도청이고 보면 밥은 진실이며 생명인 것이다. 사람의 허기를 채워 줄 수 있다는 사실이 진리이며 참이다. 진리는 삶의 진실, 목숨과 깊은 관계가 있으므로 진달래는 참이고 철쭉은 개인 것이다. 이런 점에서 철쭉은 억울하지만 '개똥밭에 이슬내릴 날을 기다리며' 참을 수밖에 없는 것이다.

 철쭉꽃은 연분홍빛으로 화려함의 극치를 보여준다. 꽃부리에 자주색 점이 점점이 박혀있다. 이 꽃을 먹지 못하는 이유는 꽃에 진득거리는 점액이 붙어있기 때문이다. '보기 좋은 떡이 먹기도 좋다는 생각.'에 진달래꽃으로 잘못 알고 철쭉을 따 먹으면 기진맥진 기운이 빠져 나른해진다.

 그러나 철쭉이 꼭 개 꽃 취급만 받는 건 아니다. 살다보면 개똥밭에도 이슬내릴 날이 오게 되어있다. 역사를 한참 거슬러 올라 신라 향가 '헌화가(獻花歌)'를 만나면, 철쭉은 한 미모의 부인과 선승(禪僧)의 사랑의 가교 역할을 톡톡히 해낸다. 익히 아는 내용이지만 풋풋했던 학창시절을 되돌아볼 겸, 이 봄이 가기 전에 다시 한 번 추억여행을 떠나보자.

자줏빛 바위 가에
잡고 있는 암소 놓게 하시고,
나를 아니 부끄러워하시면
꽃을 꺾어 바치오리다.
출전; 삼국유사 〈헌화가〉 전문

소박하고 짧은 4구체의 서정적 향가이다. 그러나 이 속엔 많은 이야기가 담겨 있다. 강릉태수 순정공과 미모의 수로부인이 강릉 행차 중 바닷가에서 점심을 먹는다. 그 때이다. 병풍처럼 에둘러있는 천 길 낭떠러지 벼랑에 연분홍 철쭉이 흐드러지게 피어나 떨고 있다. 오월 바닷바람에 알싸한 철쭉 내움이 밀려와 부인의 코를 간질이고 오감(五感)을 자극한다. '아, 예쁘기도 해라, 누가 저 철쭉꽃을 꺾어다 줄 사람 없을까.' 요염을 떨며 남자들을 미치게 만든다.

선뜻 나서는 사람이 아무도 없다. 또 나서봐야 크라이머가 아닌 이상 올라갈 곳이 못된다. 시종이 보다 못해 '부인, 사람의 발붙일 곳이 못되옵니다.' 마음을 달래보나 헛수고다. 모두 어린 짐승이 되어 벼랑만 쳐다보고 있다. 별 뾰족한 수가 없는 것이다.

순간 암소를 잡고 견우노인(선승)이 나타난다. '나를 아니 부끄러워하시면, 꽃을 꺾어다 바치오리다.' 수로부인 미색에 선승 가슴이 무너져 연녹색 파란 물이 들기 시작하는 순간이다. 생각하기 따라선 파계나 다름없는 러브콜이다. '아니 부끄러워하시면' 도치법을 사용해 부인의 마음을 사로잡고 있다. 얼마나 미인이었으면 이리 명문의 시구(詩句)가 떠올랐을까. 짐작 컨데 주인공은 〈일연〉 자신이 틀림없을 것이라 추측해본다.

五월 山골짝이 하루가 다르게 수런거린다. 이른 아침부터 쏙독새 '쏙 쏙 쏙' 연초록 잎을 썰어내기 바쁘고, 휘파람새 한 쌍 '호이 호오이' 사랑의 숨바꼭질이 한창이다. 철쭉꽃 흐드러지게 피어나 수줍고 청순한 모습으로 꽃그림을 그리고 있다.

철쭉꽃 사이로 쏜살같이 여름이 오고 있다. 나도 휘파람새 되어 '홀딱홀딱' 오월 숲속 미인을 불러보건만, 산은 말이 없고 휘파람소리 메아리 되어 콧등에 맺힌 땀방울을 송알송알 씻어 내리고 있다.

함박꽃

5월의 끝자락, 함박꽃을 찾아 나선다. 작년 이맘 때 보았으니 꼭 일년을 기다린 셈이다.

함박꽃은 깊은 산속에 산다. 꽃을 먼저 피우고 잎이 나는 목련과는 다른 세상을 살고 있다. 푸른 잎에 가려 땅을 보고 피기 때문에 눈에 잘 띄지를 않는다. 그러나 일단 꽃봉오리가 맺히면 백옥을 대하듯 눈이 시리고 가슴이 저릿해온다.

노란 꽃술, 담홍색 수술, 하얀 꽃잎, 잿빛과 노란빛 갈색 가지, 달걀을 거꾸로 엎어 놓은 듯한 잎, 은은한 향기, 초록 속에 숨겨진 동양 미인이다.

함박꽃나무, 천녀화, 이북에

선 '목란' 이라 부른다. 북한에선 '91
년부터 사용해오던 진달래를 버리고
목란을 이북의 공식 국화로 지정했
다. '나무의 피는 난' 이라 하여 귀
한 대접을 받는다.

　산속에서 바라보는 산목련의 꽃태는 유
별나다. 골바람이 일렁일 때마다 하얀 웃음이 뽀얗게 일어난다. 수줍
은 열아홉 순정인가 하면, 소복 입은 청상과부의 오월서릿발처럼 가
슴을 쓸어내린다.

　하얀 꽃 한 송이를 따 들고 개울을 빠져나오는 데 호랑나비 한 마리
가 자꾸만 따라온다. '그래, 네가 갖고 놀아야 이 꽃의 품위가 살아나
지.'

　산골 개울물을 한 움큼 떠 목을 씻어 내린다. 함박꽃 향기 한 줌, 나
날이 푸르러가는 오월의 끝자락을 넘어가고 있다. 이제부터 여름이
다.

벽오동 심은 뜻은

푸른 五月이 호수에 잠겨있다. 요즘 북한강 상류는 오동 꽃 세상
이다. 새파란 호수를 따라 구빗길을 돌아 나오려니 강물 위로 오동나
무가 그림처럼 잠겨 있다. 오동 꽃은 보라 빛이다가 이내 잔잔한 비색
(翡色)으로 변한다. 오월 하늘, 춘천호의 쪽빛 강물과 오동 꽃이 함께
어울려 온 몸에 파란 물이 들듯하다.

오동 열매

아버님은 아들을 낳은 기
념으로 소나무를, 여동생
을 본 다음엔 오동나무를
심었다. 그리고 나무들마
다 '소나무는 아들나무, 오
동나무 딸 나무' 라며 이름
을 하나씩 달아 놓았다. 요
새 말로 기념식수이겠으나

아버님의 마음은 달랐다.

나무를 심은 날부터 잘 자라 듬직한 성목(成木)이 되도록 정성으로 키워냈다. 아들이 장성하여 며느릴 맞이하면 소나무를 대들보 삼아 살림집을 지어주고, 오동나무로 장롱을 만들어 시집 밑천으로 삼으려 했던 것이다. 그러나 나는 역마살이 잡혔는지 나무들이 크기도 전에 고향을 떠나 떠돌이가 되었다.

어머니는 시간만 나면 쑥쑥 자라나는 오동나무를 보며 태몽 꿈 애기를 들려주곤 했다. 어느 보름날밤 밖에서 일을 보는 데 오줌발이 얼마나 힘이 좋던 지 다른 날보다 넓고 따뜻하게 퍼지더라는 것이다. 그때 갑자기 오색 창연한 무지개가 오동나무에 걸려있는 것을 치마폭으로 담아내 어린 생명을 얻었다 했다. 이것이 어찌 예사로운 일이 아니냐며 큰 인물 될 것이니 몸을 조신해라 했다.

지금 생각해도 애틋하고 따사로운 어버이의 정이 이보다 더할까 싶게 가슴이 훈훈해온다. 봄마다 오동 꽃 피어나면 까마득한 봉황의 전설을 생각해내곤 긴 목을 빼 먼데 하늘을 올려다본다. 행여 봉황의 날개 짓 같은 상서로운 빛이 오동나무의 걸리는 날이 언젠간 도래할 것을 은근히 기다리며….

봉황(鳳凰)의 봉은 수컷을, 황은 암컷을 상징한다. 암수가 한 쌍으

로 만나면 오동나무 가지에 둥지를 틀고 신방꾸미기를 시작한다. 넉넉한 오동잎에 맺힌 아침 이슬을 마시고 대나무 열매를 따 먹으며 평생 동안 파란 마음을 키워간다. 금슬이 뛰어나 부부 싸움이 있을 수 없고, 짝 중에 하나가 세상을 하직하면 따라 죽는단다. 수만리 창공을 날아올라 어깨 죽지가 저려와도 아무 나무에나 덥석 앉는 법 없고 오동나무래야 자리를 함께한다했다

손아래 누이는 어쩐 일인지 결혼생활이 평탄치 못했다. 언젠가 시골집을 훌쩍 다녀간 후 소식이 없다. 생전게 딸이 보고 싶다며 동구 밖을 내려다 보던 늙은 어머니의 흐린 눈매엔 늘 눈물이 글썽했다. '몹쓸 것' 하고 푸념을 하며 쪽대문을 열어놓고 딸을 기다리던 어머니도 가신지 꽤 오래 되었다.

북한강 가에 오동 꽃이 피어날 때마다 보기가 좋다던 나무들의 살결이 오늘따라 더욱 뽀얗다. 넉넉한 오동잎 사이로 바람 한 자락 일어 강 마루를 스산하게 스쳐간다. 봉황이 온다던 전설을 비웃기나 하듯, 해마다 오동 꽃은 비색으로 피어나 버거운 세월에 몸살을 앓고 먹구름 한 장 헤살 궂게 오동잎 사이를 빠져나가고 있다.

오동 꽃이 함빡 피어난 요즘, 어머니가 태몽에 보았다던 그 옛날의 쌍무지개 대신, 달빛 한 자락 오동나무에 걸려있다. 어머니가 그립다. 뭐니 뭐니 해도 맏이가 제일이라며 서울 살림을 접고 시골로 내려와 말년을 함께했으나, 난 어머니처럼 넉넉한 오동잎이 되질 못했다. 오동잎 지던 어느 가을날, 잎 지는 소리가 좋다며 마른 잎 속으로 몸을 숨겼다.

봉황새 날아와 금방이라도 둥지를 틀면 도포자락을 휘날리며 저 아래 동구 밖으로 귀한 손님이 찾아올 것만 같아 자꾸만 들머리 쪽을 내려다본다. 오늘 저녁엔 꿈속에서나마 봉황새 만나 벽오동 잎에 쌍무지개가 걸린 뜻이 무어냐 물어 볼 참이다.

찔레꽃 한숨 같은 것

오월 한 달 내내 뻐꾹새 날아와 아침저녁으로 피나게 울어대며 산과 들판을 일으켜 세우더니 감자 꽃이 꿈처럼 피어납니다. 초록 바다에 자주색 물결, 흰 꽃 몽우리들의 작은 속삭임, 줄기마다 출렁대는 파란 잎사귀들, 벌 나비들이 모여 생기가 넘쳐납니다. 바람 불어 꽃내움이 코를 찌르고 감자마다 통 알을 안느라 밭고랑이 뜨거워옵니다.

감자꽃

오늘은 감자밭에서 종일 풀도 매고 북도 주며 꽃냄새를 맡아 봅니다. 허리가 시큰거리고 손바닥이 알알하면 밭고랑에 걸터앉아 뻐꾸기 소리도 듣고 휘파람새를 따라 '호오이 호오이' 휘파람을 불며 흉내를 내봅니다.

감자 꽃이 피기 시작하면 밭고랑은 푸른 바다이다가 금세 하얀 파도로 옷을 갈아입습니다. 감자 잎이 어릴 때 북을 한 번 줬으나 오늘 또 고랑에 흙을 파 올려 감자 싹을 두둑이 다독여 줍니다. 흙 한 삽 더 하면 감자하나 더 달리고, 한줌 더 떠 주면 투실투실 살이 오릅니다. 어린 것 옷 입히듯 정성 다해 흙을 떠올립니다.

돌 감자밭을 엉기며 쪼그려 앉아 흙을 퍼 올리자니 무릎이 저리고 손아귀가 얼얼, 허리가 휘고 관절이 쑤셔옵니다. 우리 마을 여인네들은 하나같이 뒤뚱뒤뚱 오리걸음입니다. 다리가 전부 밖으로 휘고 허리는 굽어 양손을 휘휘 저어대며 어기적거립니다. 평생을 비탈 밭에서 쪼그리고 앉았다 폈다 했으니 어디인들 성할 리가 없습니다.

나도 얼마 전 밭을 매다 다리가 저리고 아파 병원신세를 진 적이 있습니다. 의사는 관절 주사를 꽂으며 다리를 함부로 놀리다가는 다리 병신이 된다며 겁을 덜컥 주는 바람에 요즘은 방석을 엉덩이에 달고 앉아 김을 매곤 합니다.

'분' 이네 밭 귀퉁이 묵정밭 언덕엔 올해도 찔레꽃 피어나 바람이 불 때마다 한숨 소리가 들려오는 듯합니다. 분이는 내가 시골로 귀농했을 때 농사 초보자인 나에게 농사짓는 법을 가르쳐 준 지도자였습니다. 함께 품앗이도 하고 새참도 먹으며 농사를 짓곤 했는데 몇 년 전 이맘때 밭두렁을 떠나 아직 소식이 없습니다. 남편이 어느 해 찔레

꽃 필 무렵 교통사고로 세
상을 먼저 떠났기 때문입니
다. 그러나 늙은 시부모가
안쓰러웠던 지 몇 년간 걱
실걱실 잘 지낸다 싶더니만,

질레꽃

"선생님, 저기 찔레꽃 덤불 좀
보세요."

"참 곱네요."

"가시에 찔리면 사람이 죽는다면서요."

"네, 재수가 나쁘면 죽을 수도 있지요. 대개 아름다운 꽃은 가시가
있게 마련이지요." 야생장미 찔레꽃 가시에 찔려 죽은 '라이너 마리
아 릴케'를 떠올리며 건성으로 한 말이었습니다.

"요즘 나한테 가시가 돋아나나 봐요."

"…?"

"저요, 감자 농사 끝나면 도망가요."

"아니, 시부모는 어쩌고."

"선생님도 아시다시피 할일은 많고 따가운 시부모 눈총을 버티기
가 힘들어요."

"아,"

"그것도 그렇고요, 우리 시어머닌 나보고 찔레꽃 가시가 돋쳐 지 남
편을 잡아먹은 계집이래요. 이제, 더 이상 참을 수가 없어요."

"아!…."

아니나 다를까, 어느 날 아침 찔레꽃이 질 무렵, 분이가 줄행랑을 놨다고 동네가 수군거립니다. 많은 세월이 흘렀건만, 오늘날까지 분이네 시부모들께 도망간다던 얘기를 귀 뜸 해주지 못한 죄로 찔레꽃이 피어오르면 온 몸에 신열이 나고 한 숨이 새어나오곤 합니다.

어떤 사람은 저 너머 반야사 공양 간에서 분이를 한 번 보았다는 사람도 있고, 누구는 시내 어느 식당에서 허드렛일 하는 그녀를 만났다는 사람도 있습니다.

찔레꽃 피어나면 소식 한 번 주겠다더니 아직까지도 감감한 그녀가 야속하기만 합니다.

하지(夏至)가 며칠 앞 입니다. 감자알마다 통 알을 갖느라 뜨거운 숨을 몰아쉬고 있습니다. 어서 탱글탱글한 감자덩이를 만나보고 싶습니다.

또 뻐꾹새 한 마리가 '뻐꾹… 뻐꾹' 감자밭을 자꾸만 일으켜 세우고 있습니다. 인생은 찔레꽃 한숨 같은 것이라고….

두레꾼 연가

‘두레’란 농사꾼들이 농사일을 체계 있게 하기 위하여 만들어 놓은 공동협력체이다. 두레패가 처음 움직거릴 때가 감자 심는 날이다. 두레가 잘 돌아가려면 거기에 따르는 힘, 농사조건, 기술 같은 것이 서로 엇비슷해야 일이 수월하고 엇박자가 나지 않아 톱니바퀴처럼 잘 맞아 떨어지게 되어 있다.

귀농한 지 십오 년이 지났건만 아직도 두렛일이 서투르다. 그만큼 힘이 부치고 행동거지가 느려터짐에서다. 그러나 한 우물을 오래 파다 보면 샘물이 솟아나오듯 지금은 밥값 정도는 할 만큼 일에 익숙해졌다.

감자 심는 날

새벽녘 곤한 잠을 깨우는 것은 트랙터의 굉음이다. 트랙터 소리가 지축을 울리면 하나둘 밭으로 모여 든다. 봄은 온 것 같은 데 아직도 살얼음 일어 땅바닥이 서걱거리고 손발이 저리다. 황덕 불 앞에 한참 손발을 녹여야 몸이 말을 듣는다. 모닝 차 한 잔으로 몸이 풀리면 이 제부터 달가닥거리는 돌 감자 밭을 엉겨야한다.

밭 갈고 구덩이 파 씨 놓고 묻으랴, 마구리 정리, 비닐 씌우기, 저마다 일손이 바쁘다. 내 차지는 감자씨알 넣는 일이다. 두렛일을 시작할 때 작업반장이 힘도 제대로 못쓰고 비척대는 모습이 보고 싶어 장난 삼아 시킨 일이 붙박이가 되고 말았다. 씨 통 가득 담아 구덩이 뚫는 사람을 따라다니며 알을 정확이 놓자면 땀께나 흘려야한다. 양손을 연신 놀려 알 낳기를 종일 하자면 죽을 맛이다.

벌써 새참 먹을 시간이다. 아침 맛이 없어 조반을 거르기 일쑤다. 그러다 보니 새참 시간을 기다리게 마련이다. 잔치국수다. 멸치국물 에 한 그릇 말아 사정없이 배속에 집어넣고 막걸리 한 잔을 기우리니 온 몸이 훈훈하다.

새벽에 일어나 일몰에서야 일이 끝난다. 종일 열 시간은 노동에 시 달려야 한다. 하루 노임이 삼만 오천 원이다. 품값을 따지자면 사람이 아니라 일하는 동물에 가깝다. 그러나 함께 일을 하다보면 하루해가 후딱 지나간다. 돈을 벌려고 왔다면 벌써 동네를 떠났어야했다. 두레

씨 감자

를 하며 땀의 소중함과 땅을 일궈 감자 한 알을 얻기까지의 작은 행복을 얻는 순간이 값지다 생각했기에 오늘도 밭골을 헤맨다.

해가 뉘엿뉘엿 화악산 웅덩일 넘어가고 있다. 안마당을 들어서려니 아롱이가 마중을 나온다. 반가와 하는 강아지의 뜀베질만으로도 내면은 고단하지 않다. 종일, 흙냄새를 맡으며 산새 떼들의 지저귐 소리와 봄의 풍요로운 전갈을 받아왔기 때문이다.

뜰 밖 샘터에 도롱뇽이 살고 있었네

봄비가 스치고 지나간 자리, 바람 한 점 없는 해맑은 봄날이 열리고 있습니다. 동안 날씨가 영상과 영하를 오르내리는 바람에 꿈쩍도 않던 땅 밑 손님들이 이제야 기지개를 켜고 하품을 합니다. 어제 밤엔 개구리들이 봄밤을 자근자근 씹어내며 생명의 신비를 터뜨리는 설렘으로 한 잠도 못 잤습니다.

개구리소리가 들리다 그치고 그치다 또 들리곤 합니다. 여름 개구리소리는 와글와글 시끌벅적하여 풍물장이 서는 시골장터 같지만, 봄날의 듣는 소리는 조심스레 앞가슴을 풀어헤칩니다. 땅 속을 흔들어 바람을 일으켜 세우며 가녀린 숨소리를 토해냅니다.

옛날 할아버지들은 '개구리가 맹자를 읽기 시작한다.' 했습니다. 그래서일까. 오늘 한낮 개구리 울음에서 두런두런 글 읽는 소릴 듣습니다. 또 어린 시절 코를 흘리며 어머니 앞에 무릎 꿇고 한글을 배울 때

목소리가 환청 되어 귓가를 맴돕니다.

요새는 시골에서도 개구리소리 듣기가 쉽지 않습니다. 그러나 지금 저 소리는 분명 개구리소리입니다. 산 밑 뜰 밖 샘터에서 들려오고 있습니다. 우물 속엔 개구리 알들이 가득합니다. 봄볕 아래 반들거리는 개구리 알들은 만지면 금세 터질 것만 같습니다. 알들이 놀랠까 조심스레 두 손에 담아봅니다. 미끈미끈 호로록 흘러내립니다. 젤처럼 엉켜있는 점액질 속은 검은 깨알 같기도 하고 포도 알을 닮을듯합니다.

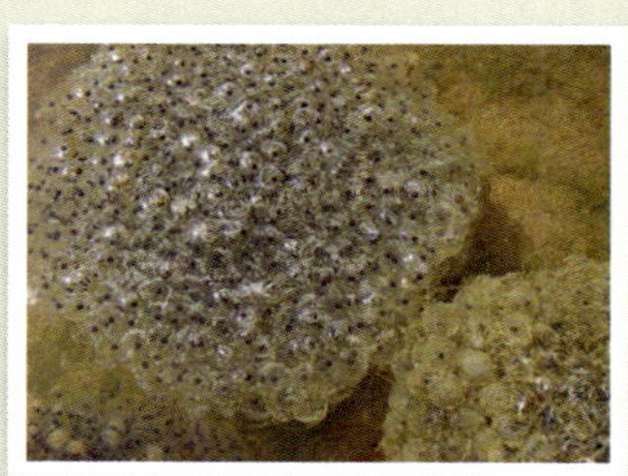

개구리알

　　　　　도롱뇽도 개구리 알 옆에다 동그랗게 알을 낳아놓았습니다. 알들이 샘물 속에 똬리를 틀고 조금씩 움직거리는 모습이 참 신비스럽습니다. 놀라운 광경에 목울대가 저절로 들먹거립니다. '와, 세상에! 고맙다.' 소리가 자꾸만 튀어나옵니다. 따사로운 봄날에 자연이 주는 이보다 더 귀한 선물은 없겠기 때문입니다. 도롱뇽은 환경부 지정 특정 생물로 청정 환경 가늠자라 그만큼 귀한 손님입니다.

도롱뇽 어미는 어디에 있을까, 두리번거렸으나 보이질 않습니다. 야행성이니 보일리가 없습니다. 그 때입니다. 알 밑에서 꼼지락거리

도롱뇽 알

도롱뇽

는 낌새가 보입니다. 모래 속을 톡톡 헤집는 순간 도롱뇽 어미가 화들짝 튀어나옵니다. 다리가 네 개, 틀림없는 물 속 도마뱀처럼 생겼습니다. 암컷 도롱뇽은 짝짓기가 끝나면 숫컷이 언제냐 싶게 알들을 지키며 혼자 살아갑니다.

개구리와 도롱뇽 알을 구경하느라 많은 시간을 샘터에서 보냈습니다. 일상이 늘 보잘것없는 시골 생활이지만, 봄을 열고 일어나는 우물 안 풍경과 작은 생명들의 꼼지락거림이 신기하기 그지없습니다. 봄이 오는 소리가 예서제서 감지되지만 개구리 소리는 봄을 일으켜 세우는 마지막 합창입니다.

개구리가 한 번 입을 벙긋거릴 때마다 작은 생명들이 움직거리고 세상이 열리기 시작합니다. 개구리 성화에 못 이겨 달래, 냉이, 꽃다지, 급기야는 개나리 진달래 버들강아지도 눈을 뜨고 다투어 피어납니다. 따사로운 봄볕아래 샘물이 퐁퐁 솟아오르고, 점점이 들려오는 속삭임에 봄이 축복처럼 성큼성큼 다가서고 있습니다.

소 (牛)

하루가 다르게 변하
는 디지털 시대, 이젠
농사도 기계화되어 논
배미나 긴 사래밭은 경
운기나 트랙터로 갈아
엎는다. 하지만 강원도
화전 골 산 비알 밭떼
기들은 아직도 겨리소
(일소)들의 몫이다. '이랴' 하는 주인의 어령 소리를 시작으로 두 마
리가 끄는 고된 겨리질(밭갈이)은 시작된다.

'마나마나 이러이 말이 맘마마,
어디어디 어디어 어치,
넘나들지 말고, 아냐아냐.'

목청소리도 구성지게 일소들을 달랜다. 겨우내 놀 먹고 지낸 결이 소들, 갑작스런 노역에 힘이 겨운 지 쟁기 밥이 솟아나올 때마다 눈을 꿈적 게거품을 품으며 콧물을 흘리고 있다. 잔꾀를 부리던 마라(바깥 소)에게 '이놈의 소', 회초리로 엉덩짝을 철썩 내리친다. 그때마다 물렁한 옆구리 배통이 불룩하게 씰룩거리고 쟁기에 속도가 붙는다. 보습이 돌밭에 부딪히며 부서질 듯 덜거덕거려도 일소들은 쟁기를 끌고 밭골을 잘도 빠져나간다. 소와 농부, 땅과 쟁기의 호흡이 일치되는 순간이다. 쉴 새 없이 쏟아져 나오는 쟁기 밥은 새끼 송아지를 찾는 암소의 음매 소리와 함께 밭골을 넘어 골짝을 휘감아 온다.

땅이 풍요의 여신이라면 쟁기의 보습은 건강미 넘치는 남성을 상징한다. 농부들은 쟁기질을 단순한 밭갈이가 아니라, 음양을 결합시키고 다산(多産)과 풍년을 기약하는 신령스런 행위로 보고 있다. 농부들은 지금도 소를 끔찍이 위하고 숭상한다. 소를 잘 길러 새끼를 많이 낳으면 집안이 번성하고 평안하다 믿고 있다. 소는 짐승이나 동물이 아니고 가족의 일부로 생각한다.

가난했던 어린 시절 내 시골집도 그랬다. 할아버님은 암소 두 마리를 키웠다. 여느 집이나 매한가지로 소들은 구세주이자 목숨 같은 존재였다. 할아버진 어이된 일인지 경제권이 없었다. 모든 살림은 할머니가 쥐고 흔들었다. 그러나 공교롭게도 소는 할아버지 몫이었다. 소와 할아버지와 나는 자연스레 삼위일체가 되었다. 하교 후에는 소를 끌고 긴 뚝방이나 개울가로 가 배가 불룩해질 때까지 풀을 뜯어 먹이며 숙제도 하고 붉게 넘어가는 저녁노을을 보며 어린 꿈을 키웠다. 시골 장날엔 할아버진 소에 땔나무 바리를 싣고 팔러가곤 했다. 시간만 나면 할아버질 따라 오일 장 구경을 갔다. 장작 값을 넉넉히 받는 날엔 소머리 국밥을 사 주었다. 보리밥도 귀한 때였으므로 국밥 한 그릇은 임금님의 수라상보다 커보였다. 어린 손자의 국밥 그릇은 곱배기였으나 할아버진 늘 보통을 시키고도 허리에 둘러찬 전대 만으로도 배가 부르다며 흐뭇해 하셨다.

시골 소년이 어찌어찌해 서울 모 상고엘 합격했다. 촌에서 용이 난 것이었다. 그것도 잠깐, 입학금이 모자랐다. 등록날짜가 넘어 하루도 더 지난 후였다. 할아버진 소를 팔아 입학금을 허리 전대에 차고 교장실을 찾았다. 교장께서도 정성에 감탄을 했던지 입학을 허락했다. 그 날도 또 동대문 시장 국밥 한 그릇을 사주며 '소는 걱정 말거라.' 열심히 공부해 큰 인물이 되라 했다. 그러나 서울 하늘 아래 고학이 그리 고분고분하던가. 겨우 2학년을 마치고 자퇴를 했다. 고생 끝에 대학을 졸업하고 교사가 되었을 때 할아버지는 손자가 선상님이 되었다며 온 동네를 자랑하고 다녔다.

성실, 근면, 검소, 정직, 인내, 책임감들은 암소만이 갖고 있는 성품이다. 평생 주인에게 충복을 다해 송아질 낳아 기르고 결이 질을 하다 천명이 다하면 죽어서도 모든 것을 인간에게 바친다. 몸뚱이는 물론, 뿔은 안경테로, 다리는 족발로, 뼈다귀까지 사골 국물을 우려내 사람의 기를 살려낸다.

그러나 정말 내가 일소를 좋아하는 이유는 다른데 있다. 사색을 반추(反芻)할 줄 아는 짐승이기 때문이다. 걸으면서도 생각을 하고 누워서도 사색을 한다. 걸으며 사색을 하자니 걸음이 느려야하고, 누워서 생각을 하려니 반추를 할 수 밖에 없다. 시큼한 음식물을 위 속에서 다시 꺼내 되씹어내는 넉넉함은 소 같은 짐승만이 갖고 있는 여유로움이다. 눈을 감고 어기적어기적 씹어내는 참을성에 감탄사가 절로 나온다.

나는 소를 닮아 행동이 굼뜨다. 벼락이 치고 소나기가 퍼부어도 어지간해선 뛰기를 싫어한다. 길을 가다가도 남들은 어떻게 사나 두리번거리고, 등산을 가도 맨 뒤꽁무니에 처지기 일쑤며, 여러 사람들과 식사를 할 때도 물 한 잔 따라 놓고 목을 축일라하면 밥도 못 먹고 일어서기 바쁘다. 행동거지가 느리다 보니 어린 시절 운동회 때 뜀박질 상을 타본 기억이 없고, 군대에 가선 선착순을 하느라 땀깨나 쏟아냈다.

또 밭가는
소리 듣는다.
지금 듣고 있
는 저 소몰이
엉너리침의 긴
느림 새 울림은
아마 이 시대의
마지막 쟁기 보습
을 끄는 소리가 아
닐까 싶게 산을 돌아 고개를 넘는다. 하르가 다르게 변하고 있는 기계
화시대에 트랙터와 경운기 소리 대신 사람 사는 소리를 듣게 되어 여
간 다행한 일이 아니다. 그리고 옛날 할아버님이 손자를 부르던 그 목
소리가 어제처럼 환청 되어 긴 밭골을 넘어온다.

큰 인물 되라던 어린 시절 꿈은 다 어딜 가고, 강원도 산골로 내려
와 밭가는 소리 듣는가. 그러나 이 소릴 들어들어도 좋기만 한 것은
아직도 우심(牛心)이 몸 속 깊이 배어 있음에랴. 지금도 소가 좋아 소
처럼 느림보 생활을 하고 있다. '천천히-더 느리게' 란 하찮은 생활신
조로 세상을 살아가며 명상과 사색으로 거듭 태어나는 연습을 하고
있다. 소몰이 엉너리침과 워낭소리를 오래도록 들으며 인생을 더 곱
씹고 반추해 내었으면 참 좋겠다.

꽃처럼 살라한다

교직 생활 삼십년 동안 무슨 인연인지 이십여 년 간을 여학교 뜨락에서 보냈다. 어쩌면 여자 이름 탓을 톡톡히 해냈는지도 모른다. 뭐 한 말로 여학생들 숲에서 청춘을 불사르고 젊음을 보낸 것이다. 그러나 지금 생각해보면 그 때가 가장 보람되고 가슴 떨리던 시절이며 영원히 잊지 못할 행복한 순간이었다. 여학교에 오래 있으면 남는 것이 없다고들 했다. 하지만 난 여학교가 좋았다. 거기엔 꽃처럼 피어나는 아이들이 함께 하고 있었기 때문이다.

날마다 아이들 가슴에 새로운 이름표를 달아주고 조금씩 다른 저마다의 색깔과 의미를 부여해 꽃씨가 여물 무렵, 아이들은 꽃잎에 날개를 달고 영원히 잊혀지지 않는, 아득하고 먼, 신비스럽고 황홀한 또 다른 꽃밭을 찾아 빈 교실을 썰물처럼 빠져나가 새로운 꽃으로 피고

자 했다.

예나 지금이나 인문계고등학교 특성상 0교시 수업과 야간 자율, 주초고사 등 꽁꽁 묶어놓고 짬을 주지 않았다. 지루하게 계속되는 수업과 시험지옥에도 아이들은 잘도 참아냈다. 수업 중 졸거나 늘어져 있는 모습을 보면 불쌍해 보이기까지 했다.

“졸음이 오는 모양이구나?”

“네.”

“그럼 한잠 자렴.”

“선생님, 첫사랑 이야기 해주세요. 잠 깨어나게요, 네?”

“난, 첫사랑 같은 거 없다. 좋아하는 여인은 있어도….”

“누구죠, 그 여자 얘기 좀 해주세요, 네.”

“영화배우, 로버트 테일러라고.”

“우, …그건 남자 배우예요, 선생님, 정신 차리세요.”

“그런가, 애수(哀愁)에 나왔던 배운데.”

“비비안리요, 비비안리예요.”

“아, 비비안리, 지금도 비비안리의 눈만 보면 숨이 멈출 것만 같다.”

“와, 오, 오오.”

“비비안리, 그 눈, 저 애수에 젖은 눈…’ 바람과 함께 사라지다’에 살인적인 눈, 한 번만 만나 봤으면.” 능청을 떨다 보면 수업은 판이 깨지게 마련이다.

여학생들은 짬만 주면 계란처럼 굴러다닌다. 별안간 교실이 들썩대고 주체할 수 없이 소란스러워온다. 틈을 주지 말아야지 하면서도 쉬운 일이 아니어서 한 번 허튼 말을 꺼내놓으면 주워 담기가 힘들어진다. 많은 시간이 지난 후 여학생들에게 배운 게 하나 있다. 계란법칙이다. ‘놔두면 굴러가고 꽉 잡으면 터지는 법.’ 굴러가지도 터지지도 않게 계란을 잘 다스려야 좋은 스승이 될 수 있다는 평범한 진리.

다음날 아침 수업시간엔 비비안리의 사진을 구해다 교탁 위에 늘어놓았다. 사진을 보며 많이도 깔깔대곤 했다. 지금도 아이들을 만나면(사실 같이 늙어가지만), 내 이름은 몰라도 비비안리를 좋아하던 국어선생은 잘도 기억해 낸다.

구름에 가리어도 먼지에 그슬려도 환한 아이들
말똥이 굴러가도 송아지처럼 웃고
단추 하나 실밥 풀려 달랑거려도 꽃물처럼 깔깔대던
아이들의 순수가 그립고 웃음소리가 듣고 싶다

아이들은 햇살이 걸려있는 교실을 빗질도 하고
햇빛도 되고 파란 촛불도 켜고
돌이와 순이의 가르마를 태우며
무수한 꽃신을 채워주곤 했다

아이들은 꽃을 사랑했다. 손엔 꽃이 있고, 꽃이 있음으로 또 다른 생의 의미가 부여되기를 바랐다. 나리 장미 국화 안개 스타치스 후리자 산델리아 카라 소철 카네이션 백합 등….

꽃을 사랑하라 했다. 절망 속에서도 키가 크고 어둔 밤에도 순수가 쏟아지는 꽃물로 남으라 했다. 설움과 고독 같은 덩어리들을 꽃잎으로 덮으라 했다.

꽃이 여물던 교실, 뭉클, 꽃들이 보고 싶고, 꽃씨 하나 하늘을 날아오른다. 내일은 나더러 꽃이 되고 꽃처럼 살라했던 여학교 뜨락이나 한 바퀴 돌고 와야 할까 보다.

수선화

매화는 추위도 향기를 팔지 않는다

어제 저녁부터 매원(梅苑)에 봄기 어린 서설이 내리고, 매화 가지마다 꿈틀 꽃물을 터뜨리고 있다. 얼마나 먼 길을 달려왔을까. 겨우내 꽃대 하나 올리려고 잘도 참아 내더니 반갑다 눈인사를 하잔다. 그럴 줄 알았으면 어제저녁 목욕재계하고 몸치장이나 깨끗이 해둘걸.

매화를 심은 지 여러 해가 되어간다. 밖에는 아직도 대지가 서걱거리고, 저리 눈발이 내리는데 서둘러 꽃물을 터뜨리면 어쩌자는 것인지. 해마다 추워도 눈 속에 피어나는 매화꽃물을 기다리는 떨림과 기대로 추운 줄을 모르고 이른 봄을 기다린다. 얼마나 애타게 기다려온 설중매(雪中梅)인데 꽃샘바람 휘몰아 꽃물을 헤살궂게 녹아 내리고 있다. '아, 안

설중매

설중매

돼, 안돼야.' 그러나 조물주의 깊은 속내를
누가 헤라린단 말인가. 아름다운 것일수록
수명이 짧다하지 않았던가.

매화는 참 부지런도 하다. 꽃이 피고 싶어
어찌 긴 겨울을 참아냈을까. 따사로운 기운이
땅바닥에 닿기가 무섭게 눈 속을 헤집고 꽃을 피
워낸다. 탱탱한 나무들을 흔들어 꽃물을 터뜨리는 매화를 보고 있노
라면 정신이 아득하고 영혼이 아리게 저려온다. 봄의 선두주자로 추
위와 한기를 털고 일어나 지치고 메마른 가슴에 황홀한 빛깔과 꼿꼿
한 자태와 신비스런 향기를 전해주고 있으니 말이다.

매화는 가난해도 그 향기를 팔지 않는다[寒不賣香梅一生] 했으니,
눈처럼 맑고 티 없는 순수와 푸른 하늘을 닮은 서늘한 품성과 신선한
바람처럼 사는 사람들의 몫이다. 세상을 질퍽거리며 비린내를 풍기는
이들이 가까이 오는 것을 좋아하지 않는다. 오직 순수 그 자체, 어린
미나리 싹과 배추 고갱이 속 같은 마음을 가진 경건한 사람들의 차지
다.

매화는 선구자들의 몫이다. 매서운 추우와 뼈 속 저리는 아픔을 마
다하고 눈 속을 뚫고 피어난 부지런한 꽃(早春花)이기 때문이다. 칼
날 끝 절정에서 굽힐 줄 모르고 세상을 개척해 가는 의지인, 밤을 지
새우고 새벽을 여는 사람들, 아니면 새로운 하루의 삶을 준비하는 때

61

묻지 않은 사람들의 것이다.

꽃물을 시샘하듯 흰 눈이 풀풀 날리고 있다. 용화산 자락에서 흰 구름을 타고 흘러내리는 봄 내움과 함께 꽃신이 점지해내는 분분(紛紛). 내밀하게 묻어 내리는 은향(隱香). 밭둑을 넘어 푸른 강물을 건너가고 있다. 눈인가 꽃인가. 눈이 꽃이고 꽃이 눈이다. 설향(雪香)이 매향이고 매향(梅香)이 설향이다. 눈꽃이다. 아니다. 공(空)이다. 비움도 아니다. 그럼 색(色)인가, 색은 더욱 아니다. 그대로다. 있는 그대로다.

언제 보아도 마음이 변하지 않는 친구와 대화를 나누면 매향이 풍겨난다. 험난한 세상에 매향 냄새 풍기고 다니는 친구 하나만 갖고 있어도 행복한 사람이다. 구름에 가리어도 먼지에 그을려도 환하게 다가오고, 안에 있는 울음과 밖에 있는 웃음이 다르다 해도 웃음꽃을 피우고, 이쪽이 있어도 저 쪽이 보이고, 멀리 있어도 가깝게 보이도록 발돋움하고, 날마다 내 가슴에 새 이름표를 달아주며, 나의 색깔과 의미를 부여해주는 친구가 진정 매화 같은 친구이리라. 좋은 벗을 만나자면 나도 매화가 되고, 하늘과 바람 냄새를 풍기고 몸에서 비린내가 나지 않도록 조심스레 몸을 가꿔내야 할 것이다.

참새들이 신명이 났다. 참새들의 짝짓기가 한창이다. 매화꽃이 피기 시작하면 참새들은 거칠게 몰아치는 꽃샘바람도, 숨막히게 날아드는 황사 덩이도 아랑곳하지 않는다. 정신이 없다. 참새들은 매화꽃 한 송이 무게만으로도 다리가 휘청거리고, 매향 한 방울에도 허리가 부

서지도록 사랑을 시작한다. 참새들의 짝짓
기 소리가 가까워오면 봄은 매화나무 우듬
지에 성큼 내려와 앉는다. 저릿저릿 저려
오는 봄, 이젠 봄이 틀림 없다.

홍매화

　집에서 좀 떨어진 곳에 조그만 암자가 하나 있다.
어디서 와서 어디로 가는지 알 수 없는 노(老)스님 행자 한 분이 겨울
만 되면 하얀 빈 벽 앞에 겨우내 장좌불와(長坐不臥)를 하고 있다. 그
러다가 어느날 홍매화가 벌기 시작하면 노스님 얼굴에도 보일듯 말듯
잔잔한 웃음이 돌기 시작한다. 봄이 열리고 우주가 개벽을 하는 순간
이다.

청매화

　또 얼마나 참아야 매화처럼 고고
한 꽃 매무새와 맑고 티 없는 향내를
품어낼 수 있을까. 시공(時空)을 초
월한 인고의 나날과 맵고 시린 칼날
같은 한기를 배워야 할 것이다. 매화
꽃을 보며 올해도 더 바보스런 원칙
으로 세상을 살아야 되겠다고 마음
을 추슬러 본다. 매화의 고고한 심화
(心花)를 배우자면 아직도 많은 시
간이 필요하기 때문이다.

닭의 장풀

나는 화려하고 완벽한 존재이고 싶지 않다.
달개비의 흰 꽃술처럼 있는 듯 없는 듯 작은 것이 되고 싶다.
하잘 것 없는 들풀과 채소들을 키워내며 작은 꽃으로 남고 싶다.

"아가야,
분꽃 피걸랑 저녁쌀 씻어놓아라"

연일 가마솥더위가 극성인데 고향 앞마당엔 그리운 얼굴들이 하나둘 피어나 옛이야기 나누자 합니다. 마당엘 들어서면 백일홍, 봉숭아, 맨드라미, 분꽃, 댑싸리, 채송화, 해바라기들이 다보록 피어나 잃어버린 그리움을 되살려줍니다. 이 토종 꽃들이 신통하기만한 것은 돌보지 않아도 여름이 시작되면 예서 불쑥, 제서 불뚝 피어나 더위를 식혀주기 때문입니다.

어머닌 꽃을 좋아해 분꽃, 봉선화, 맨드라미, 채송화들을 장독대 옆, 봉당과 처마 밑, 마당가에 심어놓고 좋아라고 했습니다. 맨 날 이 토종 꽃만 심었기 때문에 꽃은 이들이 전부인가 하고 어린 시절을 보냈고, 아직까지 이 꽃들이 살갑기만 한 것도 어머

니 덕분입니다.

당신은 특히 분꽃을 좋아했습니다. 시계가 없던 시절 분꽃은 어머니 시계였습니다. 들일을 나갈 때면 어린 것을 불러 돌려세워놓고 '아가야, 분꽃이 피어오르면 보리쌀 물에 담가 놓고 저녁쌀 씻어놓아라.' 신신 당부를 했습니다.

그러나 공회당에 놀러가 조무래기들과 땅 뺏어먹기, 비석치기, 공차기 놀이를 하다보면 어느새 분꽃 피어나 저녁을 까맣게 몰고 옵니다. 저녁쌀 생각에 집안엘 들어가지 못하고 분꽃 옆에서 서성거리면 언제인 듯싶게 '어서 손발 씻고 저녁 먹으렴.' 했습니다. 그럴 땐 엄마 얼굴이 분꽃보다 더 곱고 아름답게 보였습니다.

분꽃은 오후 햇살을 받으며 꿈처럼 피어오릅니다. 꽃대 하나에서 빨강, 노랑, 보랏빛이 혼색으로 피어날 때던 마법을 보듯 신기합니다. 저녁 무렵에 꽃이 피기 때문에 서양에서는 'beuty of the night' (저녁의 미녀)로, 오후 네 시 경에 피어나 'four o' clock' 이라합니다. 또 해마다 다른 색으로 피어나기 때문에 꽃말이 '우리 사랑 의심스러워요.' 입니다.

분꽃은 언제 보아도 다소곳 피어나 새색시 볼연지를 보듯, 때 묻지 않은 소녀의 속살 냄새가 납니다. 더구나 음력 열나흘 밤중

에 마당 귀퉁이에서 바라보면 달빛 냄새가 피
어오릅니다.

분꽃도 시리고 서러운 전설을 갖고 있습니다.

옛날 폴란드의 한 성주가 자식이 없었습니다. 후손을 점지해달라고 신에
게 기도를 올렸습니다. 정성기도가 통해 자식은 주었지만 딸이었습니다. 성
주는 욕심쟁이어서 아들을 낳아 후계자로 삼고 싶어 했습니다.

어려서부터 남장을 시켜 이름도 '미나비니스' 라하고 남자처럼 교육을 시
켰습니다. 활쏘기, 말 타기, 사냥, 술과 담배도 남자처럼 마시고 피우라 했습
니다. 그러나 남장소녀는 한 남자를 사랑하게 되었습니다. 공교롭게도 성주
의 부하였습니다.

어느 날, 아버지 성주에게 사실을 고백하고 결혼을 허락해 달라 했으나,
욕심쟁이 성주는 이를 용서할 수 없었습니다. 소녀는 갖고 있던 칼을 땅 바
닥에 꽂아 놓고 여자처럼 울다 어디론가 사라졌습니다.

그 자리에 여리고 시린 꽃 한 송이가 피어났으니 '분꽃'이었습니다. 분꽃은 오늘도 여러 색으로 변해갑니다. 아마도 소녀가 남장을 벗고 성전환으로의 쓰라린 몸부림을 치느라 색깔이 변하는 지도 모를 일입니다.

더구나 희한한 것은 분꽃 열매입니다.
소녀가 '나는 여자가 되고 싶어요.' 하며 소리치던 울부짖음과 가슴앓이에 색이 그만 새까맣게 되었는가 싶기도 합니다. 겉은 검지만 씨앗 속엔 하얀 꽃 가루가 가득합니다. 납 성분이 있는 파우더보다 훨씬 더 윤이 나고 흡인력이 강하다 전해 오고 있습니다. 자연 화장품의 원조, 분꽃이 한결 더 우러러 보입니다.

오늘도 많은 토종 꽃들이 피어나 마당에 가득합니다. 꽃들을 감상하며 더위를 식히다 보니 벌써 긴 여름해가 기울고 있습니다. 처마 밑 분꽃 속에서 또 그 옛날의 어머니 목소리 듣습니다. '아가야, 분꽃 피걸랑 저녁 쌀 씻어 놓아라.'

원추리, 어머니 꽃이라 불러야하리

원추리 꽃이 한창입니다. 묵정밭 언저리, 이름 모를 무덤가, 장독대 앞, 7월이면 어디서나 피어나 노란 꽃물로 하늘거립니다. 원추리는 오렌지색으로 깔때기처럼 피어나 보는 사람 마음을 편하게 해줍니다. 아침에 잎 사이에서 한 송이씩 피었다가 저녁이면 시들어버립니다. 금세 지기 때문에 '하루만의 아름다음' 을 보여주는 꽃이라 부릅니다.

이른 봄 새잎이 올라올 때면 두 잎이 연인처럼 마주보며 솟아납니다. 그러다가 몸이 둥글게 부풀면 몸을 뒤로 젖히고 두러 눕습니다. 어찌 보면 사람人자를 거꾸로 세워 논 것 같기도 하고, 人자와 닮은 모습이기도 합니다. 서로에게 믿음을 준다할까. 한 쪽을 떼어내면 금방 쓰러질 듯, 볼수록 의젓하고 편안히 기대고 싶은 잎줄기입니다.

원추리는 어머니를 빼놓고선 이야기가 되지 않습니다. 남자선호사상이 강한 우리나라에서 시집가 제일 먼저 해야 할 일은, 금쪽같은 아들을 '쑥' 빼내야 팔자가 순탄하다는 것쯤은 다 아는 일입니다.

어머니들은 예부터 원추리를 가까이하면 아들을 낳을 수 있다 믿어왔습니다. 원추리를 득남초(得男草), 의남초(宜男草)라 하고, 아들을 얻으면 근심걱정이 사라진다하여 망우초(忘憂草)라 부르기도 합니다.

아무리 기다려도 아들이 들어서지 않으면 원추리는 독수공방을 지키는 여인 곁에서 고독과 시름을 함께합니다. 꽃을 머리에 꽂기도 하고 자수를 한 땀씩 떠 병풍을 수놓는가 하면, 장독 가에 심어놓고 아들을 점지해 달라 기도를 올리기도 합니다. 어머니가 사는 북당 앞마당에 원추리를 '훤초' 라 하고, 남의 어머니를 '훤당(萱堂)' 이라 부르는 이유가 여기 있습니다.

내 어머니도 꽃을 좋아해 장독대 근방에 원추리를 심어놓고 아들을 점지해 달라했답니다. 이듬해 햇된장이 노랗게 익어갈 무렵 나를 낳았답니다. 정성드레 길러놓았건만, 역마살이 끼었는지 고향을 버리고 강원도 산골을 전전하며 어머니 가슴 속에 '망우초' 만 안겨주었습니다.

장마가 지나간 자리에 또 원추리 꽃이 노랗게 피어납니다. 요즘 피어나는 꽃들은 하늘을 올려다보거나 땅을 내려다보며 피어나지만, 원추리는 자식 걱정에 옆만 보고 피어납니다.

어머니 닮은 망우초, 벌초가 며칠 앞입니다. 올해는 어머니 무덤가에 원추리 심어 때늦은 불효를 용서받아야할까 봅니다.

"아이고야! 우리사위 허리 부러지겠네

　장모가 아무리 짠순이라도 한 마리밖에 없는 씨암탉을 잡아내게 할 수 있는 힘은 사위밖에 없다. 예부터 사위는 백년지객(百年之客)이며, 사위사랑은 장모이고 눈에 넣어도 아프지 않을 구슬방울이다.

　그러나 미국사회는 사정이 다르다. 장모와 사위는 견원지간(犬猿之間)이다. 장모는 오만하고 사나운 존재이며 심술쟁이로 그 이미지가 좋지 않다. 여자 쪽에서 이혼을 제기할 때는 장모가 뒤에서 조종하기로 소문이 나있다. 이런 문제를 조금이나마 해결하기 위해 10월 네 번째 일요일을 '장모의 날'로 정해 놓기도 했다는데.

　여권이 강한 나라는 사위와 장모사이가 나쁘고, 부권이 강한 나라일수록 시

어미와 며느리 사이가 좋지 않다. 미국에서는 장인과 사위가 공모하여 장모를 골탕 먹이지만, 한국 사위들은 장모 쪽에 말뚝을 박아놓고 절을 하며 살아간다.

‘질빵’ 은 짐을 지는데 쓰는 줄이다. 지게에 매어 걸머지면 밀삐(두 어깨에 거는 끈)라 하고, 한쪽 어깨에 둘러메면 외질빵이라 부른다. 멜빵은 짐을 걸어 양쪽 어깨에 둘러메면 멜빵끈이 된다. 지게를 만들 때는 밀삐가 끊어지지 않도록 실이나 삼, 종이 따위를 비벼 섞어 꽈 단단히 매어단다. 요즘은 가방이 크고 끈이 튼실해야 사람노릇을 잘 하지만, 옛날엔 지게와 밀삐가 단단해야 농사꾼 체면이 섰다.

해마다 이맘때면 ‘사위질빵’ 피어나 옛 이야기 나누자 한다. 낙엽 덩굴식물로 언덕배기, 울타리, 관목 사이를 사정없이 뻗어 올라간다. 눈꽃처럼 하얀색이다가 아침이슬이나 비를 맞으면 우유 빛처럼 빛난다. 이북에서는 ‘질빵풀’ 이라고 하고 서양에서는 ‘virgin’s bower(처녀의 은신처)’ 라 부른다. 처녀가 숨어도 안심할 만큼 덤불 숲은 넉넉하고 아늑하다.

녹색 줄기는 여름이 깊어 가면 밤색으로 변해간다. 줄기는 마디가 약해 잡아당기면 뚝뚝 끊어져 매가리가 없다. 질빵노릇을 하기엔 지게 앞에 어린짐승이다. 그러나 사위가 처갓집 일손을 도우려고 지게를 질라치면 장모는 이때부터 안달이 난다. ‘아이고야, 우리사위 허

리 부러지네.' 걱정이 이
만저만 아니다. 하기야 허리를 못
쓰게 되면 남자구실이 끝장난다는 것쯤이야
누가 모른다고 이 야단인가 싶다.

사위가 올 때쯤이면 '사위지게' 밀삐를 따로 만들어 지게 했다. 허
리가 약한 사위가 일하는 모습을 애면글면 보다 못해 생각해낸 방도
이다. 짐을 많이 실으면 금방 끊어지게 밀삐를 질빵 풀줄기로 바꿔 사
위체면을 지켜낸 장모 사랑이 이보다 더하랴 싶게 따스하기만 하다.

'겉보리 서 말이면 처가살이 안한다.' 했다. 요즘은 장가도 가기 전
에 혼수문제로 처갓집 문지방을 빼려들고 처가 덕을 보려고 안달을
하며 목을 길게 빼고 있다. 사위질빵 얘기를 듣고 웃다가도 그 속엔
질빵 끈을 잘 다스려 '혼자의 힘으로 자수성가 하라.' 는 깊은 뜻이 담
겨 있음에 꽃물을 다시 올려다본다.

오늘도 사위질빵 흐드러지게 피어나 나무 줄기를 타고 무더위를 식히며 하얀 웃음을 짓고 있다. 어느새 질빵 속으로 장모님 목소리 환청 되어 울려온다. '이 사람아, 무거운 짐 지지 말고 쉬엄쉬엄 하게나.'

벌써 입추이고 내일은 말복이다. 이 더위 지나면 질빵 끈도 더욱 탱탱하게 살이 오르고 가을도 멀지 않으리.

복주머니 개불알꽃

우리나라에서 '개 같은 놈' 하면 남을 얕잡아 부르는 말이다. 이슬 람교도들은 마호메트가 동굴에 숨었을 때 개가 짖어대는 바람에 탄로 가 났다하며 이름 끝에 개(kalb)를 붙이면 큰 욕이 된다. 독일, 네덜 란드에서도 개는 욕 말이고, 베트남에서 개자식(do cho de)하면 조 상의 명예를 걸고 싸움이 벌어진다. 러시아에서 수캐의 성기(sobki) 를 부르면 불알을 잡고 한판 붙을 만큼 개판이 벌어지기도 한다.

'참'의 반대로 '개'가 쓰인다. 개는 '진짜 나 좋은 것이 아니고 함부로 돼 먹은 것, 즉 개떡 같다, 개 똥 같다.'와 같이 하잘것없는 뜻이다. 개떡이 생김새는 시원찮아도 맛은 먹을 만한데 어쩌다 개똥취급을 받게 되었 는지 알다가도 모를 일이다.

김자난

오월이 가고 있다. 요즘 숲속은 새소리 더욱 수런거리고 따사로운 햇볕 아래 벌 나비들이 날아와 붕붕 초여름을 열고 있다. 이맘때면 다녀와야 할 곳이 있다. 요즘을 놓치면 일 년 동안 속이 상하고 섭섭해 늘 징징대기 마련이다. 산 입구에 들어서자 공기부터 다르다. 흠, 흠 흠… 단내가 난다. 산은 언제나 조용히 거기 그렇게 서 있다. 그렇다고 조용하기만한 건 아니다. 산 나름의 소리와 향기가 있다.

오늘도 많은 들꽃들을 만났다. 산에서 보는 들꽃은 자연스러워 아름다움이 더하다. 꽃이 곱다하여 꺾어다 집에 가지고 와 보면 꽃은 벌써 야생이 아니다. 산을 버려두고 왔기 때문이다. 꽃이 숲과 새소리와 맑은 물과 공기를 떠나면 꽃의 생명은 끝난다. 사진도 매한 가지다. 모든 주변 환경이 한 데 어울려 조화를 이룰 때 아름다운 것이지, 달랑 사물 한 장만 찍어놓으면 재미가 덜하다.

들꽃을 만나 향기를 맡다보면 어느새 꽃물이 몸에 배 나도 하나의 꽃이 된다. 꽃은 또 다른 꽃으로 피어나 새로운 의미와 향기로 남는다. 향기가 사라지기 전 서둘러 이미지를 담는다. 오늘은 향기마저 찍어내리라 다짐을 해본다. 향기가 찍힐까. 내가 꽃이 되고 꽃이 나를 사람 아닌 자연으로 대할 때 향기로 와 닿는다.

오늘은 행복한 날이다. 보기 드문 개불알꽃을 만났기 때문이다. 좀 못마땅한 것은 꽃모양이 불알을 닮았다 해 ‘요강 꽃, 복주머니’ 란 좋

은 이름을 놔두고 일본 사람들이 붙여 논 이름 때문이다. 들꽃을 사랑하고 꽃처럼 순수하게 살고 싶어 하는 사람들에게 복을 한 아름씩 안겨주는 꽃, 여름의 전령사이기도 하다. 복주머니가 떨어지면 곧바로 여름이 닥쳐온다.

이 아름다운 들꽃을 개 불알 취급하다 보니 지금은 멸종위기를 맞이하고 있다. 야생화들은 자리 옮겨 앉기를 싫어한다. '저만치 혼자 피어있기'를 바란다. 옮겨 심는다 해도 공생박테리아가 없으면 곧 죽게 되니 조심할 일이다.

곱지 않은 이름으로 부르기가 거북하고 그래서 더 불러보고 싶은 꽃, 개불알꽃은 새알 크기만 한 주머닐 달랑달랑 흔들어대며 웃어 보인다. 그 때마다 주머니 옆으로 솟아난 붉은 실핏줄이 금방 터질 것만 같고, 진분홍 향 내움이 조금씩 배어나 마지막 가는 오월 하늘을 말갛게 씻어 내리고 있다. 자연이 내려준 복, 어쩐지 어제저녁 꿈에 산새들이 알록달록한 새알들을 하나씩 물고 문지방을 넘어 오더라 했다.

여름이 오고 있다. 누가 사바세계를 '개떡 같은 세상' '개만도 못한

인생'이라 했던가. 개 불알 꽃이라 부르면 어떠리. 버거운 세상에 지
친 이들이여, "이리 좀 가까이 와 보세요. 아! 그대 가슴에 복주머니
한 송일…."

꽃 속에 부처님이 계시네

초파일이 며칠 앞입니다. 해마다 이 맘 때가 되면 부처님을 쏙 빼닮은 꽃들을 떠올려 봅니다. 불두화(佛頭花), 부처손, 부처꽃, 지장보살(풀솜대)을 바라보며 부처님 위상에 딱 맞는 이름과 의미를 부여해 준 조상님들께 경외감을 드리곤 합니다.

불두화

불두화가 푸른 5월을 만끽하고 있습니다. 이 꽃은 초파일을 전후해 피어나 볼수록 신통합니다. 부처님의 곱슬한 머리를 닮아 불두화가 되었답니다. 하얀 고깔 모양을 보고 스님들은 승무화(僧舞花)라 부르기도 합니다.

불두화는 연초록색으로 피어납니다. 연초록일 때가 가장 풋풋하고 스님들이 출가해 처음 머리를 깎을 때 모습 그대로입니다. 시간이 얼마쯤 지나면 하얀색으로 변합니다. 스님들이 도를 닦아 마음을 비우고 무소유 경지까지 불심이 깊어가는 모습을 그대로 닮아가고 있다고나 할까.

불두화는 우아함과 그윽한 향기로 5월의 한낮을 환하게 비추고 있습니다. 꽃은 무성화(無性花)여서 풍성하고 탐스러우나 씨가 없습니다. 씨가 없으니 자손이 없는 건 당연합니다. 이런 의미에서 불심이 깊은 나무, 스님들의 성품을 쏙 빼닮은 꽃이기도 합니다.

꽃물 속에 독경소리를 듣습니다. 부처님 설법은 물론, 고승들의 법문도 듣고 가까운 절에서 들려오는 풍경소리도 듣습니다. '숭얼숭얼' 부처님 목소리 듣습니다.

부처손

부처님은 천개의 손과 눈(千手千眼)을 가지고 있습니다. 부처님의 손이 많아야 하는 까닭은 험난한 세상에 보듬고 쓰다듬어 줘야할 중생이 수도 없이 살고 있기 때문입니다. 부처손이 쉼 없이 손바닥을 쥐었다 폈다 할 적마다 자비의 은총과 푸른 세상이 열리고 있습니다. 고통의 바다(苦海)를 건너며 겪었을 가난한 사람들과 고통 받는 중생들의 우울한 마음을 씻어 내리고 새로운 나라를 맞이하도록 자애로운 손과 눈빛으로 가없는 사랑의 사인을 보내고 있습니다.

부처 손은 늘 푸른 마음, 푸른 식물로 세상을 맑게 걸러내느라 손길이 바쁩니다. 암을 비롯해 부인병을 다스리고 기관지 천식과 몸을 따뜻하게 보호하는 데 많은 효험을 갖고 있다 전해오고 있습니다.

지장보살(풀솜대)은 부처님 사멸(死滅)후 미륵불이 나타날 때까지 불(佛)이 없는 세상에서 중생을 구원해내는 보살입니다. 지장보살은 죄업으로 고통 받는 일체 중생들을 한 사람도 남김없이 구원해내기 위해 이생은 물론, 지옥 어느 곳에도 나타난다 합니다.

지장보살

솜대는 대나무의 일종으로 솜 같은 하얀 반점이 일어 붙여진 이름입니다. 하얀 가루에서 절 냄새와 스님들의 향기가 풍겨나 지장보살이라 부릅니다. 꽃이 피어 위로 올라갈수록 털이 많아지고 꽃이 지면 가루가 하얗게 말라갑니다.

부처꽃은 연못이나 늪지에서 연꽃과 수련을 따라 피어납니다. 꽃말이 호수, 정열, 사랑의 슬픔입니다. 호수 같은 넓은 마음과 사랑의 자비심으로 피어나 세상을 향기롭고 맑게 씻어 내립니다.

   애별이고(愛別離苦)란 말이 있습니다. 고통
중에 사랑하는 사람과의 이별만큼 더한 슬픔
은 없습니다. 누구든 좋아하는 사람과 영원히
함께할 수 없는 이별이 기다리고 있습니다.
부처꽃은 '사랑의 슬픔'을 품고 피어나 헤어
짐을 준비하라는 암시를 주고 있습니다.

부처꽃

   5월 하늘 아래 초파일을 앞두고 부처를 닮은 꽃들을 대하며 날마다
마음이 더 맑고 향기로웠으면 하고 하늘을 올려다봅니다.

인동초(忍冬草)

인동꽃이 한창이다. 인동초(忍冬草)란 이름 그대로 매서운 추위 속에서도 잎이 말라 죽지 않고 살아남아 강인하고 줄기찬 생명력의 원동력으로 상징되는 풀이다.

인동꽃은 초여름이면 두 송이의 하얀 꽃을 피워낸다. 겨울을 이겨 낸 꽃답지 않게 꽃물은 여리다. 시간이 지나면 하얀 색은 노랗게 변해 간다. 그래서일까, 우리 동네 촌부들은 인동초를 '금은화' 라 부른다.

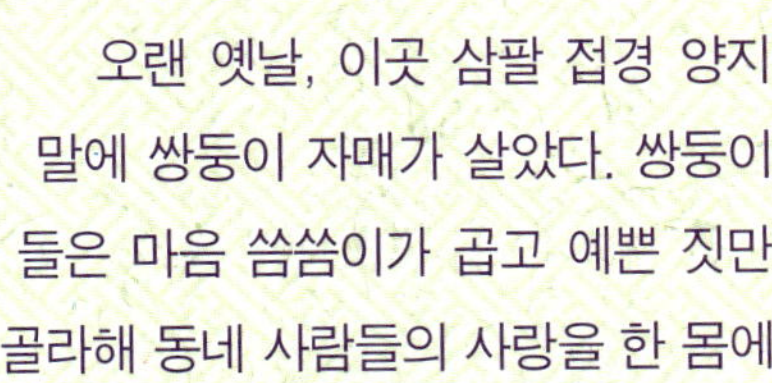

오랜 옛날, 이곳 삼팔 접경 양지 말에 쌍둥이 자매가 살았다. 쌍둥이 들은 마음 씀씀이가 곱고 예쁜 짓만 골라해 동네 사람들의 사랑을 한 몸에 받았다. 꽃처럼 태가 고와 언니를 '금화' , 동생을 '은화' 라 불렀다. 마을에

전염병이 돌기 시작했다. 요새말로 장티푸스 '염병' 이었다. 금화가 먼저 병에 걸려 몸이 여위고 머리가 하나둘 빠지더니 은화에게로 옮아갔다. 몹쓸 병은 동네를 휩쓸고 많은 사람들의 목숨을 앗아갔다.

죽기 전날 밤,
"언니, 우리 죽는 거야."
"그렇단다. 염병 앞엔 장사가 없다는구나."
"왜, 하필 돌림병이야?"
"글쎄 말이다."
"언닌, 죽으면 뭐가 되고 싶어?"
"산야초면 어떨까?"
"약초?"
"약초로 다시 태어나 우리처럼 몹쓸 병으로 죽어가는 사람들을 살려내고 싶어."
"나도 같이 태어날 수 있을까?"
"그럼, 우린 쌍둥이니까."

동네 사람들은 금화와 은화를 가마니뙈기에 뚤뚤 말아 양지 말 뒷산 돌무더기에 묻어줬다. 이듬해 봄, 무덤가에 덩굴이 슻기 시작했다. 은색 꽃이 피어나 금색으로 변했다. 두 송이의 꽃은 자매의 얼굴 그대로였다. 사람들은 금화와 은화의 넋이 되살아난 것이 틀림없다며 '금은화' 라 불렀다는 데….

인동초는 여러 질병에 효험을 보이고 있다. 폐경, 비경, 심경, 해열, 해독, 갈증 해소, 세균성 질환, 장염, 간염, 황달, 수종 등 만병통치약이라 하지 않던가. 인동초의 어린 꽃 순과 잎줄기를 따다 그늘에 말려 차로 마시면 몸이 개운해 온다.

무더운 여름날에도 인동초의 하얗고 노란 꽃을 보고 있으면 머리가 시원해온다. 마치 하얀 어미 새가 노란 주둥이 새끼에게 먹이를 주려고 떠는 몸짓 그대로다.

가끔 삶이 버겁고 힘들어 참고 견디어야할 일이라도 생기면 정지용의 〈인동차〉를 읽으며 마음을 달래곤 한다.

노주인의 장벽(腸壁)에
무시로 인동(忍冬) 삼긴 물이 나린다.

자작나무 덩그럭 불이
도로 피어 붉고,

구석에 그늘 지어
무가 순 돋아 파릇하고,

흙냄새 훈훈히 김도 서리다가
바깥 풍설(風雪) 소리에 잠착하다.

산중에 책력(冊曆)도 없이
삼동(三冬)이 하이얗다.
-정지용 〈인동차〉 전문

  인동차를 마시는 노 주인을 통해 일제 암흑기의 '현실 극복의지'를 담담하게 보여주고 있다. 인동차에서 우러나는 인내의 힘, 산중에서의 적막하고 고즈넉한 분위기는 동양화를 보듯 여백의미(餘白美)가 흘러내린다.

  세상이 어수선하다. 또 장마가 북상하고 올 여름도 무척 덥겠다는 예보이다. 이 여름을 시원하게 보내자면 인동초에서 우러나는 '참고 견딤'의 깊은 속내를 맡아가며 '새로운 날'을 기다려야 할까보다.

창포(菖蒲) 사이로 첫여름이 흐른다

음력 오월 초닷새를 단오(端午) 또는 수릿날이라 한다. 일 년 중 양기(陽氣)가 가장 왕성한 날이며 여름이 시작되는 때이다. 조상들은 이날부터 건강관리와 질병 예방을 위해 수리취나 쑥떡으로 영양을 보충하고, 창포의 독특한 향과 색깔로 사악한 귀신이 몸에 붙지 않도록 액막이 행사를 했다.

창포꽃

단오 날, 여자들은 창포 삶은 물로 머리를 감아 기름기를 빼 윤기를 내고, 창포 향으로 벼룩과 이 같은 벌레를 퇴치했다. 또 창포 뿌리에 붉은 글씨로 '수복(壽福)' 두 글자를 새겨 머리에 꽂고, 남자는 허리에 차고 다녔다. 이를 단오장(端午粧)이라 한다. 붉은 색은 벌레 퇴치뿐 아니라, 귀신을 쫓고 아들 낳기를 기원하는 풍습이 되었다.

창포로 염색을 해 베옷이나 책에 좀이 스는 것을 방지했으니 향내를 미루어 짐작할 수 있다.

단오 날엔 창포연못을 찾아간다. 6월 청자 빛 하늘 아래, 창포 잎들이 연못 가득 차올라 감미로운 첫 여름기 열리고 있다. 창포 잎들은 벼 포기와 비슷하기도 하고 긴 칼을 닮은 모습이다. 창포는 부들과 비슷한 수생식물로 천남성과이다. 이맘 때 작은 옥수수 모양의 갈색 꽃이 핀다.

창포가 피어오르면 못가에 앉아 향을 맡다가 하늘을 보기도하고, 산골짝을 넘어오는 꿩 소리도 들으며 노천명의 '푸른 오월' 을 읽는다.

청자(靑磁)빛 하늘이
육모정 탑 위에 그린 듯이 곱고
연당 창포잎에-
여인네 행주치마에-
감미로운 첫 여름이 흐른다

풀 냄새가 물큰
향수보다 좋게 내 코를 스치고
청머루 순이 뻗어 나오던 길섶

창포 비녀

창포 연못 속에서 추억을 반추하다가 창포 비녀 (이를 '궁갱' 이라 한다)나 만들어 볼 양으로 삽과 괭이를 들고 연못으로 들어갔다. 연못 깊이가 겉에서 볼 때완 사뭇 다르다. 물이 허리까지 차올라 배꼽이 시려오고, 발을 헛디디면 미끄러져 목까지 차온다. 뿌리들마다 잔털이 진흙에 찰싹 달라붙어 뽑힐 줄 모른다. 흙탕물 속에 풍덩거리고 미끄러지며 뿌리를 잡아당겨도 툭툭 끊겨 단단히 애를 먹인다. 한참을 헤매다 튼실한 뿌리 한 줄기를 건져 올렸다.

뿌리를 맑은 물에 씻어 비녀를 깎기 시작했다. 그러나 손재주와 눈썰미가 모자라 모양새가 제대로 잡히질 않는다. 뿌리둘레엔 총천연색 줄무늬가 색색이다. 비녀 위로 알록달록한 띠가 배어나 몸을 비틀고 있다. 뿌리에 감돌고 있는 무늬들을 어찌 알고 비녀와 노리개를 만들 생각을 했을까. 조상들이 찾아낸 멋에 새삼 놀랠 뿐이다. 이 정도 색상의 비녀라면 어느 아녀자의 쪽진 머리에 꼽아놓

총천연색 창포뿌리 비녀

아도 품위와 맵시가 솟아나올 듯싶다.

비녀마저 사라진 지 오랜 지금, 창포 비녀를 보면 감회가 새롭다. 단오 날 아침, 치렁치렁한 머리 결을 창포 물감에 헹궈낸, 쪽진 머리에 비녀를 살포시 꼽은, 잎가에 향긋한 창포 냄새가 일렁이던 울 엄마가 울컥 보고 싶은 오늘이다.

나날이 푸르러가는 유월 하늘 아래 따사로운 첫 여름이 흐른다. 창포는 옛날 모습 그대로 연못을 지키고 세월 앞에 꽃 매무새가 곱기만 한데, 가슴 한 구석이 자꾸만 허전해 옴은 어인 일일까.

애기동자

동자꽃이 피기 시작한다. 털동자 피어나면 장마가 시작되고 제비
동자가 피면 제비 새끼들이 나는 연습을 한다. 동자 꽃은 애기동자라
고도 부른다. 이름과는 달리 한여름 높은 산 초원에서 핀다. 동자 꽃
을 찾아 산을 올라가자니 숨이 헐떡거리고 더운 기운이 목까지 차오
른다. 동자 꽃이 산꼭대기에서만 살아야하는 애틋한 사연이 있다.

강원도 어느 깊은 산 속에 노스님 한 분이 부
모를 잃고 떠도는 어린 동자를 데려다 길렀다.
겨울 날 대처로 쌀 동냥을 갔다 눈이 쌓여 암
자로 돌아오질 못했다. 허기와 추위에 지친 동
자는 암자 밖에서 스님을 기다리다 얼음으로 변
했다. 스님은 그 자리에 어린 것을 묻고 아침저녁
관세음을 염하며 좋은 곳으로 환생하도록 천도(遷
度)를 했다. 다음해 여름 동자의 얼굴을 닮은 한 송

이 꽃이 피어났다. 사람들은 어린동자를 떠올리며 '동자꽃' 이라 불렀다.

　그래서일까, 동자꽃은 어린아이의 얼굴을 빼닮았다. 꽃 밭침은 젖병꼭지 모양으로 꽃잎 사이마다 보조개가 옴폭하다. 꼭지 속으로 바람이 돌아나올 때마다 보조개가 폭폭 파여 홍색으로 물들어간다. 주황색이면서도 되바라지지 않은 앙증맞은 꽃이다.

　며칠 전, 돼지텃골 홍씨가 화천 5일장을 보러가잔다. 먹자골목에 들러 소머리국밥으로 배를 채우고 검정고무신 한 켤레와 알사탕 두 봉지를 샀다. 홍씨가 뜬금없이 한군델 더 들려가야 한다며 따라오라 한다. 골목 뒤에 동자보살이 신수점을 잘 본다 했다. 올 핸 귀신이 붙었는지 제대로 되는 일이 없다며 구경삼아 함께 가자는 것이었다.

　홍씨의 신수점치기가 거의 끝날 무렵, 옆에 따라온 사람도 점괘를 올려보란다. 점을 처 본 경험도 없거니와 점 값도 없다 사양을 했다. 점방이 생소한데다 그렇다고 무엇을 알아보거나 답답한 게 있는 것도 아니었다. 어떨 결에 따라와 그 동안 지은 죄가 백일하에 드러나면 어쩌나 괜스레 가슴이 쿵쿵거렸다.

시주 값이 없다 사양했으나 그냥 가면 보
살이 노한다며 삐뚤삐뚤한 방석 위로 끌
어당겼다. 애기동자가 좋아하
는 알사탕 한 봉지면
충분하니 시주를 대
신하라했다. 빨간 사
탕봉지를 올려놓자
"동자야, 애기동자야."하고
동자보살을 부르는데 목소리가 아기 가래 끓듯 가르랑거렸다. 원체
죄 많은 몸이라 업장(業障)을 들춰내면 어쩌나 했으나 보살은 눈을
스르르 감고 몸을 좌우로 흔들어댔다.

한참 주문을 외는가 싶더니 올 해 안으로 이름이 천하에 알려질 운
세란다. '천하에?' 하긴 몇 군데 글을 쓰고 있으니 많은 독자가 읽어
준다면 그렇다 할 것이었다.

기분을 붕 떠 올리는 바람에 배추 색깔 한 장을 올려놓고 자리를 뜰
참이었다. 또 애기 목소리로 "숨겨진 죄가 많아야, 주색을 조심혀, 술
과 여자 앞엔 장사가 없는 벱여, 정신 차려, 이것아."하는 것이었다.
술은 알겠는데 이 나이에 색은 뭐란 말인가. 그렇잖아도 요즘 정력이
허한 판에 기를 팍 죽여 놓을 게 뭐란 말인가.

용화산 꼭대기에서 담아온 동자 꽃 사진을 보고 또 들여다본다. 꽃들이 방긋거릴 때마다 잔잔한 바람이 일어 더위가 날아갈 듯싶다. 숨겨진 죄 값을 어찌 갚아야할까. 술은 끊을 수 있는 것일까. 괜스레 점집엔 따라가 공연한 걱정거리만 달고 왔다.

털동자 솜털이 보송보송, 조금 전부터 비가내리고 있다. 장마가 본격적으로 시작되려나보다.

제비동자

가까이 하기엔 차가운 당신

장맛비가 오락가락하는 사이 수국 피어나 색을 조금씩 바꿔갑니다. 토질과 기후에 따라 파랑에서 핑크로, 핑크에서 하얗게 변신을 합니다. 마치 장맛비가 수선을 떨듯 꽃 색깔들도 옷을 멋대로 갈아입습니다. 이런 모습을 보는 건 즐겁지만 좀 변덕스럽게 느껴지기도 합니다.

수국을 볼 때마다 설렘으로 다가섭니다. 색이 수시로 변하면서도 항상 아름다움을 잃지 않고 우아한 자태로 더위를 식혀내고 있기 때문입니다.

수국

연한 하늘색 수국을 보고 있노라면 지금도 서러운 추억이 되살아나 가슴을 아리게 쓸어내립니다. 시골에서 중학을 마치고 서울 D 상고에 합격을 했습니다. 개천에서 용이 난 셈이지요. 파란색 하늘을 보며 청운의 꿈을 품고 서울로 유학을 떠납니다.

　상고 특성상 늘 파란 잉크와 붉은 잉크병을 갖고 다니며 복식부기(簿記)를 배워야 했습니다. 펜으로 파란잉크를 찍어 아라비아 숫자를, 빨간 잉크로 계산을 끝내고 빗금을 긋거나 수정을 할 때 사용하곤 했습니다.

　어쩌다 잉크병을 잘못 건드리면 교복 상의에 잉크물이 튀게 마련입니다. 지금도 학생들의 하얀 교복상의를 보면 선명히 묻어났던 잉크 방울 추억이 수국 속에서 되살아나 시린 추억으로 다가섭니다.

　자취와 고학으로 화이트칼라의 꿈을 꾸며 2학년까지 무사히 마쳤습니다. 어느 날 복식부기 시간이었습니다. 1원하나 어김없이 숫자를 맞춰 끝내야하는 계산 놀음에 지겹다는 생각이 들기 시작했습니다. 부기 시간이 되면 계산을 맞출 생각을 잊은 채 파란잉크로 동그랗게 하늘을 그리며 엉뚱한 짓을 하곤 했습니다.

　내가 가야할 길은 화이트칼라가 아니라, 잉크 색을 닮은 파란 하늘임을 늦게나마 깨닫는 순간이었습니다. 누구와도 상의 한마디 없이 덜컥 자퇴 원서를 냈습니다. 교문을 빠져나오며 머리 위를 올려다보니 파란하늘이 꿈처럼 도화지를 그리고 있었습니다.

인문고 편입, 국어 선생이 되기까지 많은 시간이 흘렀습니다. 강원도로 첫 발령을 받고 은행엘 들렀더니 옆자리에 공부를 같이하던 친구는 벌써 대리가 되어 있었습니다. 화이트 컬러에 하늘색 넥타이를 매고 의자를 돌리고 있었으나 나는 코흘리개 초임교사였습니다.

비온 뒤끝이라 구름사이로 파란하늘이 숨바꼭질을 하고 있습니다. 하늘 구경을 하다 갑자기 산수국이 보고 싶어집니다. 산수국을 만나러 산으로 올라갑니다. 장마구름 사이로 언뜻언뜻 얼굴을 내미는 파란하늘도 보고 잉크냄새를 맡지 않으면 몸살이 날 것만 같아서입니다.

산수국을 바라보면 지금도 빨간 잉크와 파란잉크의 시리고 서러운 추억이 반추되어 가물거립니다. 산수국 속으로 알알이 들어와 박힌 꽃받침이 나비 되어 춤을 출 것만 같고, 요술공주가 실눈을 감고 꿈을 꾸고 있을 것만 같습니다.

산수국

내 인생을 바꿔 놓은 파란 잉크 색, 아직도 아스라한 꿈으로 다가서는 하늘 빛, 비라도 오는 날에는 수국 꽃잎에선 파란 잉크물이 뚝뚝 떨어져 내립니다. 그러다가 붉은 색으로 변하면 어린애처럼 마냥 징징거리고 싶어집니다.

수국의 꽃말은 '변덕' 또는 '차가운 사람' 입니다.
잘은 몰라도 '차가운 사람' 이란 투명한 하늘색깔 때문이 아닐까싶습니다. 더구나 산수국은 산뜻하고 우아하며 기품 있는 아름다움으로 선뜻 다가서기가 어렵습니다. 언제보아도 가까이 하기엔 차가운 당신, 산수국.

수국

잡초 속 어린요정, 닭의장풀

　시골로 들어온 지 벌써 십오 년, 많은 세월이 흘렀다. 그동안 서툰 농사일을 배우고 품앗이도 해가며 숱한 어려움을 겪었지만 잡초와 함께 해온 고생살이는 잊을 수가 없다. 야생초는 농사꾼에겐 골치 덩어리이고 원수이다. 풀은 뽑고 돌아서면 또 나오고, 하루 밤을 자고나면 한 뼘씩 자라난다. 채소들보다 키가 몇 배씩 부쩍부쩍 올라와 권세를 자랑하고 사람의 기를 꺾어 놓는다. 풀을 뽑다 보면 하루해가 다가고 허리가 저려온다. 뽑아도 뽑아내도 고개를 숙일 줄 모르는 풀, 참 끈질기고 독살스런 잡초들이다.

　그 동안 야생초를 수 없이 뽑고 베어냈으나 사랑할 줄은 몰랐다. 풀은 여전히 귀찮은 존재이고 원수이며 잡초로만 여겨왔다. 그러나 풀을 사랑하기 시작하고부터 풀이 다르게 보이기 시작했다. 풀에다 사랑과 색다른 의미를 부여해주면 풀은 더 이상 잡초로 보이지 않는다. 거기엔 초록빛 들꽃 향기와 생명의 노래가 흘러내리고, 미워했던 마음에 풀기가 어려 파란 물방울이 맺히기 때문이다.

닭의장풀도 농부에겐 골칫덩이고 귀찮은 존재이다. 아무리 뽑아내도 끈덕지게 살아남아 되알진 생명력을 보여준다. 그러나 아침이슬을 머금고 파란 날개를 팔락이며 다가서는 모습은 눈물겹도록 아름답다.

닭의장풀은 수명이 짧아 피자마자 진다. 해가 뜨고 이슬방울이 마르면 언제인 듯싶게 몸을 숨긴다. 그러므로 이 작은 요정은 아침을 여는 부지런한 사람의 꽃이며 새로운 세상을 꾸려가는 깨끗한 사람들의 몫이다. 하지만, 다음날 아침이면 또 새로운 모습으로 피어난다. 그러기를 두어 달, 매일처럼 피어나 무더운 여름 활력소를 불어넣는다.

꽃잎이 석장이다. 푸른색이 두 장, 흰색이 한 장이다. 푸른 꽃잎은 닭 벼슬처럼 날렵하고 흰색은 보일 듯 말 듯 수줍은 모습이다. 어찌 보면 예쁘지도 화려하지도 않다. 그저 파란 나비가 닭 벼슬 위에 날아올라 날개를 비비적대는 모습인가하면, 기도를 올리는 푸른 눈망울의 소녀처럼 반짝일 뿐이다. 노란 꽃술은 어린 병아리의 주둥이를 대하듯 앙증스럽다.

이 보잘것없는 풀이 어디가 마음에 와 닿는 것일까. 파란 잉크방울, 새파란 하늘, 청남 색상은 젊은 날의 이상과 꿈을 키워낸 추억의 색이 아니던가. 지금도 파란 잉크방울을 닮은 이 꽃을 보면 가슴이 쿵쿵거리고 파란물이 추억 속으로 물들어온다.

오늘도 닭의장풀을 만나 인사를 나누며 하루 일과를 시작한다.

"아저씨, 우리들 참 귀찮은 존재죠?"
"속이 상해 죽겠다."

"…?"
"뽑아내자니 가슴이 아려오고, 놔두자니 억척스런 등쌀에 채소가 엉망이고…."

"그래서, 오늘 뽑아내시려고요?"
"어쩌면 좋을까?"

텃밭에다 채소와 닭의장풀을 함께 기르기로 결심을 한다. 내 작은 노력이 자연 상태를 회복해내고 삶의 총체성을 이룩할 수 있다면 예서 무엇을 더 바랄 것인가. 창조주가 이 세상을 만들어낼 때 쓸모없는 것은 하나도 만들지는 않았을 터이니까. 햇빛 쏟아지는 채마밭에 전원 교향곡이 퍼지도록 정성을 다해 돌보리라. 나는 화려하고 완벽한 존재이고 싶지 않다. 달개비의 흰 꽃술처럼 있는 듯 없는 듯 작은 것이 되고 싶다. 하잘 것 없는 들풀과 채소들을 키워내며 작은 꽃으로 남고 싶다.

삼지구엽초

일정한 원칙을 가지고 고집스레 세상을 살아가는 풀이 있습니다. 삼지구엽초(三枝九葉草), 세 가닥 가지에 잎이 세 개씩 돋아나 아홉 개의 잎이 달립니다. '삼삼은 구'라는 잎줄기에 나비를 닮은 꽃을 피워냅니다.

바람과 그늘을 좋아해 나무 밑에서만 자라납니다. 몇 해 전 층층나무 밑에 씨를 뿌렸더니 군락을 이룰 정도로 자라나 초여름을 서늘하게 식히고 있습니다. 나무 아래 평상을 깔아놓고 일을 하다 힘들면 옆에 누워 책도 읽고 잎들도 만져봅니다.

꽃은 겸손해 땅 밑을 내려다보고 있습니다. '얼굴 좀 보여줘 봐.' 하면 소녀처럼 파란 웃음을 보이곤 합니다. 꽃잎이 네 개, 노랑바탕으로 피어나 하얗게 색이 변합니다. 꽃잎마다 꿀주머니를 하나씩 달고 벌과 나비를 기다립니다.

꽃이 지면 뾰족한 깍지 꼬투리를 달고 있다가 어느 날 갑자기 '팍' 터져 종자를 퍼뜨립니다. 씨가 터지기 전에 채집하여 두었다가 가을에 뿌려놓으면 봄에 새싹을 만나 볼 수 있습니다. 종자가 멸종 위기에 처해 보호식물이 되었다지만, 조금만 신경을 쓰면 많은 식구들을 퍼뜨릴 수 있습니다.

삼지구엽초

삼지구엽초가 멸종위기가 된 건 그만한 이유가 있습니다. 몸에 좋다면 유별나게 몸보신 좋아하는 사람들이 뿌리 채 뽑아 자연을 망가뜨리기 때문입니다. 구엽초를 즐겨 먹는 숫 산양 한 마리가 백 마리의 암컷들을 거느리며 왕 노릇을 한다 하고, 노인이 지팡이를 짚고 산에 올라 이 풀을 뜯어먹으면 내려올 땐 지팡이를 내 던지고 휘파람을 불며 하산 한다 전해 오고 있습니다. 한 방에서는 '음양곽' 이라 부르며 귀한 대접을 받고 있습니다.

시골생활을 하다 보면 종종 생활리듬이 깨지고 흐트러집니다. 날씨가 더워 여름이 열리면 구엽 차를 조금씩 마셔가며 노곤해지는 기운

도 되살려 내고, 무너져 내리는 활력소를 다시 찾아 무기력한 몸을 다
스리곤 합니다.

잎들을 아무리 세어 봐도 하나, 둘, 셋, 또 세어 봐도 하나, 둘, 셋… 유아원 아이들을 닮았습니다. 아무리 세어보고 생각해도 가녀린 몸매 어디에서 에너지가 폭발해 마른 장작에 불이 담겨지는지 알다가도 모를 일입니다.

구엽초 꽃

나는 삼지구엽초의 타오르는 불길엔 별 관심이 없습니다. 일정한
원칙을 가지고 아홉 개의 잎을 키워내고 아름다운 꽃을 피워내는 모
습을 보는 것만으로도 이 여름이 시원합니다. 이 풀이 보호식물이고
희귀종이라니 종자를 번식시키고 멸종되지 않도록 잘 길러내 후손들
에게 물려 줄 수 있다면 그것으로 만족입니다. 삼지구엽초의 발딱하
는 근성엔 마음을 비운 지 오래됩니다.

꿈꾸는 자귀나무

본격적인 장마가 시작되나 보다. 호우주의보 속에 어제 저녁부터 비가 오다 그치고 그치다 오곤 한다. 오늘처럼 궂은 날씨로 분위기가 우중충하고 마음이 거뭇해지는 날엔 꽃을 보면 머릿속이 한결 산뜻해 온다. 비 오는 날에도 꿈꾸는 나무가 있다. 자귀나무다. 자귀나무는 밤마다 꿈을 꾸기 때문에 '잠자는 귀신 꽃' 이라 한다. 비가 오거나 흐린 날엔 대낮에도 꿈을 꾼다.

자귀나무 꽃

시골로 들어오던 해 자귀나무 묘목을 집 근처에 심었다. 비실 대다 거의죽고 뜰 밖 샘터에 한 그루가 살아나 여름철 무더위를 식혀준다.

자귀 꽃은 멋쟁이다. 서슴지 않

고 칠월 꽃으로 부르고 싶다. 요즘엔 꽃이 귀한 때이기도 하지만, 자귀 꽃만이 갖고 있는 우아함은 가슴을 시원스레 씻어 내린다. 언뜻 보기엔 우산 모양 같기도 하고, 가까이 다가서면 꽃 관을 쓰고 있는 모습이다. 꽃술들은 빗살무늬로 끝부분은 연분홍색 솜털이고, 밑 부분은 하얀 새털 모습이다. 공작새의 깃털을 닮은 꽃물은 마치 집시여인의 캉캉 춤을 보듯, 폭죽이 터지는 순간처럼 서늘하고 시원하다.

원산지는 아시아 또는 중동지방으로 알려졌으나 우리 생활과도 가까운 정원수이다. 조상들은 자식을 낳으면 창가에 자귀나무를 심었다. 나무가 자라 잎이 무성하고 꽃이 피기 시작하면 자식들에게 짝을 맺어주고 신방을 꾸리게 했다. 자귀나무는 잎과 꽃이 넉넉하고 흐드러져 다산(多産)을 뜻한다고 믿었기 때문이다. 합환목, 합환수, 야합수, 유정수… 등 이름만큼이나 부부의 금슬을 돈독히 해내는 '애정목' 으로 사랑을 받아온 나무이다. 지금도 잎들은 밤마다 꼭지를 비비적대며 사랑을 속삭이고 있다.

자귀나무는 농사꾼의 나무이기도 하다. 이른 봄 움이 트기 시작하면 서리 내림이 끝나 고추 모종을 밭에 내다 심고 씨를 뿌린다. 첫 꽃물이 터지면 콩과 팥 씨를 뿌리고 꽃이 지면 들깨 모종을 낸다. 자귀나무 잎은 소가 가장 좋아하는 음식이기도 하다. 잎이 풍겨내는 순한 냄새와 은은한 향기가 소의 입맛을 끌어당긴다. 소가 좋아하다 보니 우리 동네 사람들은 그저 '소쌀나무' 라 부른다.

오늘처럼 소낙비가 오락가락하고 자귀 꽃 내움이 코끝을 간질인다면, 잘은 몰라도 어느 신혼 창가엔 또 다른 소나기가 내리고 천둥이 칠 것이다. 자귀 꽃 빨간 깃털이 춤을 추고 연두 빛 실크드레스가 펄렁이며 소낙비에 젖어 꽃망울이 툭툭 떨어져 내릴 것임을.

그나저나 낮에는 농사일로, 밤에는 글줄이나 쓴다며 바쁘게 살다 보니 부부의 정이 많이도 뜨악해졌나보다. 며칠 전엔 안 사람이 남의 말처럼 한 마딜 쓱 스치고 지나갔다. 누구보다도 금슬이 좋기로 소문난 아래 집 아줌마 애기라며 '같이 사노라니 부부이지 남이나 다름이 없다더라.' 귀띔을 한다. 뜬금없이 누구 들으라 한 얘기일까. 슬쩍 넘어간 말이긴 하다만 듣는 순간, 갑자기 서늘한 바람이 아랫도리를 스쳐가며 맥이 쭉 빠지는 이유는 왜일까.

아직도 장마 비가 북한강을 적시고 있다. 며칠간을 더 내리겠다는 예보이다. 오늘 밤엔 자귀 꽃이나 두어 송이 따다 술잔에 띄워놓고 신혼시절 합환주에 취해 첫날밤을 지새우던 뜨거운 순간이나 회상해 볼까. 아니면, 자귀 꽃 향을 맡으며 오랜만에 야한 영화나 한 편 감상할까.

밤이 깊다.
울타리 사이를 빠져나온 생오이 냄새와
사위어가는 모닥불의 매캐한 향기가 어울려
코끝을 스쳐온다. 꿈처럼 첫잠이 소르르 밀려와
그 옛날 어머니 품을 찾아 더듬거린다.
옥수수 밭엔 어느새 중복(中伏) 달이 휘영청 기울고,
소쩍새 소리 고적하게 산을 잠재우고 있다.
‘솥 적다… 솥 적다….’ 풍년이 들려나 보다.

산 속에서

산으로 가고 싶다. 아마, 산신령이 단단히 잡혔나보다. 배낭을 꾸렸다. 텐트, 침낭, 코펠 등 산 속 살림을 챙기려니 만만치 않다. 지하실에 들어가 여행 장비들을 끄집어냈다. 바쁜 농사철에 농사꾼이 농장을 비우다니 웬 미친 짓이냐며 모두들 걱정이다. 내가 생각해도 미친 짓이다. 그러나 발목을 잡는 것들을 하나하나 생각하다 보면 아무 일도 못한다.

서둘러 집을 나섰다. 곧장 용화산 속으로 들어갔다. 집채만 한 바위덩이들이 수많은 세월에 구를 대로 굴러와 여기 툭, 저기 불뚝 서있다. 큰 개울을 건너야 했다. 석간수 사이로 하얀 물방울들이 솟아나 온 몸을 뽀얗게 적셔온다. 물줄기가 끝나는 데까지 올라갔다. 아마, 칠 부 능선은 되나 보다. 산(山)만한 바위가 앞을 턱 가로 막는다. 용화산 산신령이 살고 있다는 족두리 바위 밑이다. 작은 폭포, 맑은 물, 이름 모를 산새들, 끝 간 데 없이 빽빽이 들어 찬 나무들, 빠끔히 올려다 보이는 하늘, 산은 보잘 것 없는 몸뚱일 감싸 앉는다.

이젠 정말 혼자다. 산이 깊고 세가 험하다 보니 지금부터 의지할 곳은 산신령 뿐, 산에선 겸손하고 경외감을 잊지 말라 산은 말한다. 촛불 켜 향 살라 맑은 물 한 잔을 산신령께 올렸다. 많은 욕심 없으니 '이 몸에 붙어있는 집착들을 하나하나 털어주고 깨끗해 지이다.' 기도를 올렸다. 집착과 잡념이 한두 가지 일까마는 온 몸이 깨끗해졌으면 했다. 머릿속부터 발끝까지 속세에서 달고 온 먼지들을 하나하나 벗겨냈으면 했다.

시간이 얼마나 지났을까. 갑자기 검은 구름 띠가 산자락을 휘감아 오더니 비가 내리기 시작한다. 별안간 숲속이 뒤집힐 듯, 산골짝을 내리지르는 골바람과 나뭇잎 갈리는 소리에 장대비가 몰아치며 우르르 꽝, 금방 족두리 바위가 무너져 내리려나 보다. 다시 우르릉 …우르릉. 텐트가 펄럭, 가슴이 벌렁거려 머리가 터질 것만 같다. 그 동안 얼마나 많은 죄를 지었기에 이리 무섭고 떨린단 말인가.

비바람 천둥이 휩쓸고 지나간 숲 속의 어둠과 고요, 별안간 머리끝이 주뼛, 또 팔다리가 덜덜 떨리기 시작한다. 곧 산돼지와 살쾡이가 사람 냄새를 맡고 천막 속으로 기어들 것만 같다. 머뭇거리며 촛불과

손전등을 켜놓고 공포를 달래보지만 어림도 없다. 맥가이버 칼과 나무꼬챙이 창을 깎아 마음을 달래본다. 목숨에 대한 집착이 이처럼 강할 줄이야, 어처구니가 없다.

십년 단위로 지은 죄의 항목들을 몇 가지 나열해 놓고 보니 벼락을 맞아 죽어도 싸고, 돼지에게 물려가도 억울할 게 하나 없는 부끄러운 모습이다. 그래도 죽기는 아까운가 보다. 밤 깊어 추위가 어슬어슬 엄습해오자 또 가슴이 덜덜거리고 앞 이빨이 딱딱 부딪힌다. 죽는 연습이나 해두자. 잠이 들었는가 싶다. 허깨비 같은 것이 나타나 바짓가랑이를 잡아 다니며 목을 조여 온다. 놀라 벌떡 일어나 보니 산속은 여전히 칠흑, 약한 촛불만 꺼질 듯 가물거린다.

거의 뜬 눈으로 이틀 저녁을 보냈다. 초조와 긴장의 연속이었지만 살아있다니 얼마나 다행스런 일인가. 마음 비우는 연습을 하자. 그리고 다짐했다. 죽어도 좋다고, 생에 대한 집착을 버리고자 했다. 또 당연히 그래야했다. 인디언들이 성인식을 치룰 때처럼 '나는 왜 너가 아니고 나인가.' 하고 확연이 깨우쳐야했다. 마음을 다잡고 나니 벼락도 치지 않고 산돼지도 오지 않았다. 곧 죽을 것만 같던 마음이 서서히 가라앉았다. 언젠가 싶게 악몽과 공포와 두려움이 가시고 삼일 째부터는 새와 물소리, 바람 소리가 제대로 들리기 시작했다. 깊고 아늑한 산 내움이 코를 스쳐가고 바람이 일 때마다 살갗이 간질거렸다. 산까치, 까마귀, 다람쥐도 다녀갔다. 이름 모를 산새들, 저리 많은 새 소리가 있었던가.

산에다 몸을 던져버리니 무서울 것 없고 잠도 잘 온다. 이젠 누가 오나 기다려진다. 산 돼지, 너구리, 능구렁이도 한 번 만나고 싶다. 낮에는 책을 보고, 시들하다 싶으면 산 속을 헤매며 더덕과 잔대와 도라지를 캤다. 반찬은 고추장과 된장이 전부이므로 나물 취와 산뽕나무 잎, 다래와 인동초의 어린 순을 따다 삶아서 찬으로 대신했다.

용화산 족두리 바위

아침마다 용화산 정상 족두리 바위에 올라가 기도를 올렸다. 깨끗해지어다. 자신과의 만남을 통해 흔들리는 영혼의 중심을 찾고자 했다. 그 동안 나고 죽는 물결 따라 빛과 소리 물이 들고, 보고 듣고 맛봄으로 잘못 된길을 얼마나 갈팡질팡했던가.

산 속에서 열흘간을 혼자 보냈다. 마지막 밤, 보름달이 휘영청 밝아 온 산을 비추고 있었다. 어디선가 부엉이 우는 소리 산을 일으켜 세우며 이제 그만 하산을 하라했다.

모밥 자시러와유

오월도 중순을 넘어서고 있다. 이맘때가 되면 농촌들녘은 모를 옮겨 심느라 일손이 바쁘다. 모종들이 자라 색깔이 변하기 시작하면 서둘러 모내기를 해야 한다.

트랙터

논배미에 물이 그득하게 고여 파란하늘이 잠겨오면 써레로 논을 썰고(써레질), 나래로 논바닥을 노골노골 다듬어 놓는다(번지질). 옛날 같으면 일소들의 몫인데 지금은 트랙터와 관리기가 대신한다. 트랙터가 질퍽거리는 논 속으로 들어가 철버덩거리며 써레질이 시작되면 흙탕물이 툭툭 튀어 오르고 논바닥은 금세 곤죽으로 변한다.

　써레질 후 이삼일이면 흙탕물이 가라앉고 논배미마다 하얀 물이 찰랑거린다. 물이 차오르고 파란하늘이 논배미에 가득 잠겨오면 이때부터 밤잠을 못 이룬다. 온 세상 개구리들이 논 안으로 모여들어 와글거리기 때문이다.

　못자리와 도랑물속에서 듣는 개구리 소리는 봄밤의 듣던 그 소리가 아니다. 봄의 소리가 전원 교향곡이라면 요즘 소리는 폭죽이 터지는 황홀한 울림이다. 일시에 왁자지껄하다 뚝 그치고 또 와글거리며 논바닥을 한바탕 뒤집어엎는다. 두레패가 놀다 잠시 숨을 고르듯 아우성과 정적을 반복하며 긴 여름을 열어놓고 있다. 울음 결에 녹아내리는 합창 소리를 듣고 있노라면 빈 마음에 옹달샘이 파이고, 새로운 계절에 대한 설렘으로 가슴이 절렁거린다.

　오늘은 모심는 날이다. 요즘의 모심기는 이앙기가 다한다. 모판을 싣고 긴 논둑을 따라 걸음을 옮겨 놓으면 꿈처럼 나란하게 모 줄이 생겨난다. 이앙기가 전진할 때마다 모 줄이 똑바로 나란하게 꼽혔나 돌아보고 또 돌아본다. '따박따박', 모 줄이 조금 삐뚤어져도 나름대로 보기가 좋다.

이앙기

모심는 여인들

이앙기가 논배미를 빠져나오면 귀퉁이나 자투리땅은 부인들이 들어가 빈자리를 메운다. 파랗게 변한 논배미 속에 모를 꼽는 여인들의 모습은 지금 막 내려앉은 황새들을 보듯 아늑하고 평화스럽다.

"윤씨, 모 밥 자시러 와유." 소리는 언제 들어도 정답고 구수하다. 모심는 구경도 신나지만 논두렁에 모여앉아 먹는 모 밥(두레밥)은 그 맛이 더욱 유별나다. 고사리, 머위, 나물 취, 도라지, 돌나물, 풋김치… 이밥도 있고 보리밥도 있다. 골라 먹으라지만 요샌 보리밥 인기가 더 좋다. 보리 비빔밥에 시원한 조 껍데기 막걸리 한 대접을 들이켜고 나니 배가 불룩해온다.

논배미마다 그득하게 들어찬 모들을 바라보는 기쁨은 남다르다. 모살이가 잘돼 벼 포기가 새끼를 칠 때마다 마음이 넉넉해 온다. 그러나 기뻐야할 농심(農心)이 무겁기 짝이 없다. 쌀 시장이 개방된다 하지 않던가. 고비사막을 넘어올 중국 쌀, 태평양을 건너올 미국 쌀… 거인들의 등쌀 앞에 앞으로 다가올 쌀 전쟁을 힘없는 농부가 감당해내기엔 역부족이다. 어쩌다가 '농자천하지대본' 이 큰 손들 등쌀 앞에 무릎을 꿇게 되었는지 안타까울 따름이다.

쌀 시장이 열린다고 농부가 농사일을 팽개칠 수는 없다. 농부는 죽어도 논배미를 베고 다리를 뻗어야 진정한 농군이 되기 때문이다. 뿐이랴, 이대로 가다간 머잖아 쌀 수입국이 될지도 모른다며 걱정들이다.

농사꾼이 마음 놓고 농사만 지을 수 있으면 참 좋겠다. 얻어먹은 모밥값이나 하려고 모춤을 들고 논두렁을 어정대다 보니, 어느새 파란 벼 포기들이 팔랑팔랑 손을 흔들고 있다.

감자밭에서 일궈낸 작은 행복

주먹을 불끈 쥐고 있다

　뻐꾹새 울음이 산마루를 돌아 나오고, 햇살이 길어지면 감자들의 통 알 가지 몸부림도 끝이나 싹이 누렇게 말라간다. 감자를 수확할 시기이다. 하지(夏至)를 전후하여 감자를 캔다. 감자 싹을 뽑고 비닐 벗겨 호미질을 시작하려니 따가운 햇살에 밭고랑이 뜨끈뜨끈 해온다.

　감자 씨눈 하나를 묻으면 보통 다섯 알 정도를 되돌려 주는데 올해는 그게 아니다. 감자 뿌리에 호미를 넣는 순간 날이 툭툭 걸리고 들어가질 않아 흙 속을 조심스레 헤집어 낸다. 감자알들이 가득하게 들어앉아 숨을 몰아쉬고 있다. 감자마다 주먹을 불끈, 두 눈을 크게 뜨고 보조개가 폭폭 파여 환하게 웃고 있다. 덩이마다 줄줄이 달려 나와 밭고랑을 그득하게 메워놓는다. 때깔도 곱고 탐스럽게도 생겼다. 농사를 짓다 이런 기쁨은 처음으로 재미가 여간 쏠쏠한 게 아니다. 두엄을 많이 내 땅을 기름지게 일궈낸 덕분이다.

일요일, 문우들이 자원 봉사 겸 농사체험을 하겠다며 농장을 방문했다. 소설가도 있고 시인도 보인다. 그러잖아도 놉 꾼이 없어 날삯을 구하기 힘든 판에 바쁜 일손을 거들어 주겠다니 예서 더 반가운 일은 없다. 마음이 변하기 전에 호미를 하나씩 들려 밭으로 얼른 들이밀었다. 모두들 즐겁고 호기심 어린 표정들이다.

감자가 솟아나올 때마다 웃음꽃이 일고 밭고랑이 덩실댄다. 밭도 감자들도 생전처음 고급 일꾼들을 만나 대화를 나누고 있으니 행복한 순간이다. 동네 사람들도 웬 낯선 놉 꾼들을 얻어다 놓았나하고 어리둥절한 모습들이다. 호미질이 서툴러 감자가 찍혀 나올 때마다 손놀림이 조심스럽고 진지해 보이기까지 하다. 감자가 호미에 찍혀 나올 때마다 안쓰러워 만지고 또 쓰다듬는다. 남 주기는 아깝다며 손수 캔 것은 자신들이 몽땅 사가겠다니 듣던 중 반가운 소리다.

감자 캐기가 처음이라는 한 여류 시인은 초등학교 때 배웠다던 '감자꽃'을 즉석에서 흥얼거린다.

자주꽃 핀 건 자주 감자,
파 보나 마나 자주 감자.

하얀꽃 핀 건 하얀 감자,
파 보나 마나 하얀 감자.

요즘은 자주 감자 보기가 힘들다. 파란 눈에 자주 감자, 아린듯하면서도 파삭하게 입맛을 당겨 주던 자주감자가 없다. 자주감자가 없으므로 캐보나마나 하얀 감자다.

강판에다 왕감자 갈아 대파와 청양 고추, 애호박, 부추를 숭숭 썰어 넣고 감자전을 부쳐냈다. 그리고 통감자를 껍질 채 한 소쿠리를 쪄냈다. '이렇게 맛있는 감자는 처음'이라며 모두들 붕긋한 배를 둥둥 두들겨 댄다. 즐거운 순간이다. 감자가 맛있다니 농사꾼에게 이보다 더한 즐거움은 없다.

지금 농촌은, 제초제와 농약의 남용으로 땅은 물론 우리들의 삶 자체가 황폐화 되어가고 있다. 농사가 좀 힘들어도 지렁이와 굼벵이를 키우며 기름진 땅에 살아 숨 쉬는 유기농산물을 만들어내는 일은 내 생애의 가장 값지고 행복한 순간이다. 주먹을 불끈 쥐고 세상 구경을 나오는 감자알들은 나의 행복지수이며 삶의 보람이기도 하다.

감자는 거짓말을 안 한다. 하얀 꽃 핀 감자는 틀림없이 하얀 감자를 준다. 오늘따라 휘파람새 소리가 더욱 정겹고, 하지(夏至)에 실려 온 하늬바람이 이리 시원할 수가 없다.

올챙묵 바구니에 별을 따 담으며

옥수수 밭에 뜨거운 바람이 일고 있다. 옥수수 잎이 쇄… 쇄… 갈리고 대공위 개꼬리들이 흔들거리면 옥수수 통이 불룩하게 차오르기 시작한다. 올챙묵(올챙이국수의 강원도 사투리)을 쑤려면 옥수수가 탱탱 여물기 전에 따내야한다. 너무 익으면 국수발이 뻣뻣해 감칠맛이 덜하기 때문이다.

한 소쿠리 남짓하게 옥수수를 비틀어 옷을 벗겼다. 언제나 그렇듯,

옥수수 속살은 가지런하고 빵빵하다. 알알이 들어와 박힌 하얀 속살마다 여름을 채워낸 중만함으로 기분을 즐겁게 해준다. 맷돌 갈아 체를 받쳐 물을 걸러냈다. 물의 양을 적당히 조절하지 않으면 낭패하기 십상이어 여간 조심스럽지 않다. 너무 되면 국수발이 잘 안 빠지고 묽으면 죽이 된다. 되지도 묽지도

않은 경지를 '되직' 하다고 말한다. 되직한 경지에 도달하려면 많은
경륜을 쌓아야한다.

되직하게 끓여낸 옥수수 반죽 물을 고지 박(국수틀)에 옮겨 담고
찬물에 흔들어 헹궈낸다. 국수발들이 고지박 구멍을 뚫고 잘도 빠져
나온다. 성공이다. 찬 물동이에서 건져낸 국수 발, 올챙이를 닮아 매
끌매끌 흐늑거린다.

올챙묵

올챙묵은 먹어도 먹어도 그 타령이
다. 콧등을 치고 땀방울을 씻어내며
몇 그릇을 비워내야 배가 불러온다.
미끈덕거리는 국수발은 입안에 닿자
마자 콧등을 치는가 싶으면 벌써 뱃
속이다. 맛을 보고 씹을 사이도 없이
목구멍을 타고 꼴딱 넘어가 버린다.
우리 마을 사람들은 올챙묵을 콧등치기, '내 맛도 아니고 네 맛도 아
닌 게 잘도 넘어 간다.' 고들 말한다.

오랜만에 올챙묵으로 뱃속을 채우고 뜰 밖 샘터로 나아가 물을 한
바가지 듬뿍 퍼 등목을 시작했다. 등짝에다 물을 끼얹을 때마다 온 몸
이 오싹오싹 저려온다. '앗, 차거' '으으… 윽' 소리가 절로 나와 오
줌을 쌀 것만 같다. 선뜻선뜻 저려오는 시린 샘물에 어린애처럼 팔짝

팔짝 발뒤꿈치를 들어 동동거리니, '엄살을 떤다.' 며 등짝을 철썩 내리쳐 물방울이 튀어 오른다.

옥수수 껍질과 수염을 모아 모닥불을 피워놓고 모기를 뜯어냈다. 올챙이처럼 볼록해진 배를 쓰다듬으며 여름 하늘을 쳐다보았다. 밤하늘엔 왕소금을 뿌려놓은 듯 수많은 별들이 우… 우우… 머리 위로 쏟아져 내린다. 견우와 직녀 북두칠성도 어려서 보았던 그 모습 그대로 그 자리에 떠있다. 가난하고 배고팠던 어린 시절, 옥수수 감자 익기를 기다리며 달걀귀신 이야기로 밤을 새웠던 그립고 아련한 여름밤이 흘러내리고 있다. 어머니와 누나가 들려주던 별처럼 먼 이야기가 별 속에서 하나둘 되살아나 가슴속을 파고든다.

밤이 깊다.
울타리 사이를 빠져나온 생오이 냄새와 사위어가는 모닥불의 매캐한 향기가 어울려 코끝을 스쳐온다. 꿈처럼 첫잠이 밀려와 그 옛날 어머니 품을 찾아 더듬거린다. 옥수수 밭엔 어느새 중복(中伏) 달이 휘영청 기울고, 소쩍새 소리 고적하게 산을 잔재우고 있다. '솥 적다… 솥 적다….' * 풍년이 들려나 보다.

---

*소탱, '솥이 탱탱 비었다.' '솥 적다.' 풍년이 들었으니 큰 솥을 장만하라.' 의 뜻.

산삼캐던 날의 뜨거운 몸짓

어제 저녁, 추적거리는 빗소리를 들으며 잠이 들었다. 얼마나 지났을까. 할아버지가 뜬금없이 꿈속에 나타나 당신을 따라오라고 했다. 물이 제법 불어난 개울도 건너고, 산등성을 몇 개나 넘어갔다. 꿈길에서도 생시처럼 곰취와 초롱꽃이 좋아 머물라치면, 할아버진 옛날 소를 팔러 오일장에 갈 때처럼 저만치서 빨리 오라고 손짓을 했다. 안개가 자욱하게 드리운 골짜기 바위 밑, 나무숲에선 빗물이 후드득거리고, 여기저기 고사리 밭이 보이는가 싶더니 꽃 같은 것이 희미하게 아른거렸다. 그리곤 잠에서 깨어났다. 비는 여전히 추적거리고 부엉이 소리가 간간히 산골짝을 타고 내려왔다.

산삼 열매

용화산은 예부터 용이 살고 있어 신비스런 산으로 전해 내려오고 있다. 산 속엔 송이와 능이를 비롯해 산삼도 숨어 산다 했다. 몇 년 째 용화산 끝자락에 살아도 아직 송이가 어디에 나는 지 구경을 못했다. 산에 대한 신령스러움과 경외감에다 송이 나는 곳을 알지 못하기 때문이다. 산을 올려다보니 거무죽죽한 빛이 아래를 내려다보고 있다. 봉우리엔 구름과 안개가 어울려 둥근 띠를 두르고 산을 감싸 돌아가고 있었다. 갑자기 소나무 밑에 피어있을 송이가 보고 싶었다. 산은 '망설이는 호랑이가 되지 말라.'며 나를 부르고 있었다.

산 속은 꿈에서처럼 초롱, 동자, 곰취 꽃이 한창이었다. 다르다면 곰취 꽃엔 흰나비 한 마리가 노란 꽃술에 대달려 단물을 빨아 먹느라 정신이 없었다. 사람은 죽으면 새나 나비로 환생할 수도 있다는 데, 어쩜 저 흰나비가 할아버지의 영혼이 아닐까 다시 바라보았다.

송이를 찾아 팔부 능선을 헤매기 몇 시간, 오늘따라 송이도 그 흔한 갈 버섯 하나 볼 수가 없다. 점심이나 먹고 산을 내려가려고 너럭바위 밑에 앉아 아롱이(애완견)와 통 김밥을 하나씩 나눠 먹었다. 그 순간, 갈참나무 밑에서 희미한 열이 솟아나는가 싶거니 무언가 아른거려왔다. 빨간 열매였다. 자주 보아오던 인삼 꽃 열매와 비슷했다.

순간, 산삼이 아닐까하는 직감이 들었다. 나무 꼬챙이로 뿌리를 파기 시작했다. 산삼이었다. 갑자기 가슴이 두근거리고 손끝이 덜덜 떨려왔다. 생김새가 하도 신기해 보고 또 보았다. 은은한 향이 코끝을 감돌았다. 이런 땐 '심봤다' 소리를 치며 산신제를 올려야 한다는 데 갑자기 당하는 일이라 그저 '고맙습니다.'를 연발하며 무릎을 꿇고 수없이 머리를 조아렸다. 열 뿌리도 더 넘게 캐어냈다.

하산을 서둘렀다. 산을 내려오는 데도 흥분이 가라앉지 않아 등줄기로 땀이 배어나 흥건해왔다. 두근거리는 가슴을 쓸어내리며 심마니 산삼연구소를 찾았다.

"산삼을 감정해볼까 해서 왔습니다."
"감정하려면 오만원 선불입니다."

삼 뿌리를 하나씩 이리저리 살펴보는가 싶더니 보일 듯 말듯 야릇한 미소가 눈가를 스쳐갔다. 그리곤 시간이 꽤 흘렀다.

신삼꽃

"귀한 선물을 받으셨습니다. 평소에 좋은 일을 많이 하셨나 봅니다. 산삼입니다."
"아!…."

시간이 또 한참 흘렀다. 말이 없다. 사람의 애간장을 태우고 있었다.
기다리다 못해,
"값이 나가겠습니까?"

“한 뿌리에 0만원씩, 0십만원 드리지요.”

“한 뿌리에 몇 백 만원씩 한다던데요?”

“아직 나이가 덜 차 제값이 안 나갑니다. 적어도 오십 년은 묵어야 꽤 값이 나가지요.”

“그래도 조금 더 생각해 주시지요.”

“그럼, 0만원 더 올리겠습니다.”

다음날 통장에 들어온 입금내역을 살펴보니 꽤 쏠쏠한 액수가 들어와 있었다. ‘아, 산신령님, 이런 큰 선물을 내려 주시다니 고맙고 또 고맙습니다.’를 연신 되뇌었다.

하늘이 내려준 삼을 천연초라 부른다. 세월이 흘러 나이가 차오르면 여섯 마디의 꽃이 피어난다. 이를 ‘육구만달’ 이라 하여 산삼이 최고 경지에 이르렀음을 뜻한다. 육구만달을 만나자면 보통 사람과는 달리 착한 일을 많이 쌓아야 한다 했으니, 어느 세월에 천연초를 다시 만날까 싶다. 부정한 짓을 한 사람에게는 산삼이 보이질 않고, 눈앞에 있던 것도 사라져 버린다 했다.

이만한 선물을 안겨준 덴 그만한 이유가 있을 것이다. 산을 다시 올려다본다. 단풍이 서서히 물들어가고 있다. 산은 나를 보고 더욱 깨끗한 몸으로 남으라한다. ‘산을 경외하라, 산 가운데 살고 있는 자신을 돌아보고, 연약하고 무력한 몸뚱이를 담금질하며 떨림을 시험해 보라.’ 한다.

아뿔싸! 능구렁이다

　뱀은 언제 보아도 징그럽고 혐오스럽다. 볼 때 마다 섬뜩하고 께름칙해 재수가 없어 보인다. 오죽하면 창세기에 '죽음을 전달하는 사탄의 상징' 으로 비유되었을까. 그렇다고 뱀을 보는 대로 잡아 죽일 수도 없는 노릇이어서 만날 때마다 넓은 세상으로 가서 살아 달라 애걸을 한다.

능구렁이

　올 해엔 공교롭게도 같은 능구렁이를 두 번이나 만났다. 감자밭에서 한 번, 또 한 번은 주방에서였다. 밖에서 만나도 징그러워 죽을 판인 데 부엌에서 마주치다니 순간을 생각하면 지금도 가슴이 서늘해온다.

여름내 지친 몸도 추수를 겸 통닭 한 마리를 사다 먹고 부엌 쓰레기 통에 뼈다귀를 버렸다. 다음날 아침 통을 비우려는데 시원한 바람이 새어나왔다. 생쥐라도 들어와 뼈다귀를 갉아먹나 싶어 속을 헤집어보니 쥐꼬리 같은 게 비죽이 꼼지락거렸다. 꼬리를 잡아끄는 순간 아뿔싸! 쥐가 아니고 얼마 전 산에 갔다 버린 능구렁이가 혀를 널름대며 꿈틀대고 있는 게 아닌가. 기절초풍해 정신을 차려보니 뱀도 부리나케 도망을 치고 있었다.

놀라기는 뱀도 매한가지어서 부엌을 한- 바퀴 돌아 휘-이익 찬장 속으로 들어갔다. '어, 어어, 거기는 안 돼.' 덜덜 떨며 손에다 비닐장갑을 끼고 문을 열어봐도 보이질 않는다. 조바심을 치며 언제 나타날지 모르는 뱀을 찾아 주방그릇들을 끄집어내기 시작했다. 간장 종지, 접시, 밥그릇, 술잔 등등…. 긴장한 탓일까, 땀은 등짝을 흘러내리는데 손은 달달 떨려 그릇들을 건드릴 때마다 달가닥 소리가 났다.

그릇을 다 드러내도 뱀은 보이질 않았다. 마술을 부리나, 분명 들어가는 것을 확인했는데 없으니 기가 막힐 노릇이다. 또 가슴이 서늘해오며 이가 딱딱 부딪쳐 왔다. 금방이라도 다시 나타날 것만 같아 견딜 수가 없다. 먹다버린 통닭 뼈다귀가 여간 후회스러운 게 아니었다. 닭 뼈다귀를 아무데나 버리면 뱀과 지네가 냄새 맡고 몰려온다 하지 않던가.

뱀이 어떻게 이곳까지 들어왔을까. 쥐가 들락거리는 하수구를 따라
오다 예까지 온 모양이다. 정신이 사나웠으나 뱀은 찾아야했다. 온 집
안 옷가지와 살림살이를 들쑤셔 꺼내고 들춰내도 보이질 않았다. 어
쩌나, 이제부턴 운명에 맡길 수밖에. 말은 운명이라지만 솔직히 며칠
밤잠을 설쳤다. 집안에 길쭉한 것은 모두 뱀으로 보여 온몸이 오싹오
싹 저려왔다.

그래도 다행인 것은 구렁이는 사람을 해치지 않는다 했으니 마음이
조금은 놓였다. 옛날부터 시골집은 터줏대감으로 구렁이 하나씩은 처
마 밑에 모시고 산다하지 않았던가. 어쩌면 복이 저절로 굴러들어온
것인지도 모른다 생각하니 마음이 조금은 가라앉았다.

여름도 거의 끝나갈 무렵 뱀의 기억도 잊어갈 즈음이다. '마루' (애
완견)의 목줄이 풀려 날뛰고 짖어대며 야단이다. 지하실 광문을 여는
순간 문제의 구렁이와 마루가 기 싸움을 벌이고 있는 게 아닌가. 그
동안 어디 있다 이곳까지 묻어들어 왔을까.

옛날얘기처럼 구렁이는 혀를 널름대며 독을 뿜어내고, 마루는 으르
렁거리며 한판 붙을 기세다. 희한한 구경이다 싶어 관망하고 있노라
니 마루가 주인을 보자 힘을 과시하기 시작한다. 앞발로 을러대다 물
어뜯어 흔들어대고 도망을 치면 콩콩 짖어대며 야단이다. 구렁이도
화가 났는지 주둥이를 물어뜯고 허벅지에 매달려 너 죽고 나 죽자 몸

을 휘감아온다.

한 삼십 여분, 기 싸움이 금방 끝날 것 같지 않다. 이러다간 마루도
능구렁이도 독기에 둘 다 죽을 것만 같아 싸움을 말려 놓았다. 마루는
우유를 한잔 주어 용기가 가상타 쓰다듬어 주고, 능구렁이는 작대기
에 둘둘 말아 산 속에 놓아 주었다. 그리곤 능구렁이에게 간곡한 부탁
을 했다.

'능구렁이님, 다시는 집안으로 오지 말고 넓은 세상에서 들쥐나 개
구리들을 잡아 자시며 우리 집을 보호해 주십사.' 했다.

알아듣기나 하는 건지 서늘한 바람을 일으키며 숲 속으로 몸을 숨
겼다. 능구렁이와의 뜨거운 만남, 떨림의 순간들을 어찌 잊을까 싶다.

긴 침묵, 짧은 노래

매미 소리가 요란하다. 더위가 기승을 부려 후덥지근하고 짜증스럽다가도 매미들이 소나기를 퍼붓듯 나뭇잎을 한바탕 흔들어놓으면 한결 서늘해 온다. 기름매미는 보드랍기는 하나 방울 튀듯 방정맞고, 말매미는 쏴르르 떨려 시끄러운 편이다. 여전히 시원하고 감칠맛 나는 소리는 참매미다.

굼벵이

매미 알은 이삼 주 만에 깨어나 굼벵이가 된다. 굼벵이로 탈바꿈하는 순간 짧게는 사오 년, 길게는 칠팔 년 동안 땅 밑 암흑 속에서 인고의 세월을 보낸다. 그러다가 세상 밖으로 나와 허물을 벗고 한참 노래를 부를만하면 세상을 뒤로 한다. 불과 한 달을 못 채우고 생을 마감하는 매미의 일생, 이보다 안타까운 삶이 어디 있으랴 싶다. 그러나 조물주의 깊은 속내를 누가 헤아린단 말인가.

화단에 풀을 뽑다 굼벵이를 만났다. 암갈색 잎, 여섯 개의 발, 말간 몸통, 감청색 엉덩이가 햇빛을 보자 꼳지락거리며 머리를 땅에 박는다. 어쩌나 보려고 손톱으로 '톡톡' 건드리자 똬리를 틀고 죽은 척 엎드려 있다. 징그럽긴 했으나 손바닥에 놓고 이리저리 굴리니 손끝을 따끔따끔 물어뜯는다. 꼼짝 않고 누워있기에 기절을 했나 싶어 배를 뒤집어 놓으니, 굼벵이도 구르는 재주가 있다는 사실을 증명이나 하듯 머리를 들고 굼실굼실 도망을 친다. 몇 살이나 되었을까. 언제쯤 매미로 환생하여 뜨거운 여름을 식혀낼 것인가.

매미는 먹고 마시고 배설도 하지 않아 신의 경지를 넘나드는 곤충으로 우러름을 받는다. 물론 피도 땀도 없다. 올림픽 발상지 아테네에서는 가문의 문장(紋章)으로, 서양 사람들은 꿈을 먹고 사는 가난한 음영(吟詠) 시인으로 비유하기도 한다.

그러나 매미의 매미다움은 매미만이 갖고 있는 덕망에 있다. 중국의 육운(陸雲)이란 사람은 매미의 다섯 가지 덕을 이렇게 칭하였다.

아롱진 무늬와 머리 모양새가 관(冠) 끈이 늘어진 형상을 닮았다.

평생을 맑은 이슬만 마시고 살다 죽는다.
곡식을 먹지 않는다. 집이 없다.
허물을 벗고 노래를 불러 계절을 알려준다.

이를 문(文), 청(淸), 겸(兼), 검(儉), 신(信), 즉 오덕(五德)이라 말
하고 벼슬아치들이 본받아야할 징표로 삼았다. 때문에 벼슬길에 오르
는 양반들은 매미 날개와 머리 끈을 닮은 익선관(翼蟬冠)을 써야했
다. 임금도 예외는 아니어서 정장에는 익선관으로 치장하여 위엄을
더했으니, 매미가 갖고 있는 덕의 깊이를 짐작하고도 남는다.

매미는 눈치가 빠르다, 외부침입자가 접근하면 금세 눈치를 채고
‘씨이즈, 씨이르르’ 울음을 멈추고,
‘벅벅’ 거리다 먼 숲속으로 날아가 버
린다. 낌새가 빠른 매미를 잡으려면 고
양이처럼 살금살금 발뒤꿈치를 들어야
한다.

매미소리 또 듣는다. 가난한 시골살림
에 익선관은 어림도 없고, 매미소리나 공
짜로 들으며 긴 여름을 보내려한다. 매미
가 ‘맵다’고 운들, 쓰르라미가 ‘쓰다’ 한
들 내 상관할 바 아니다. 몇 년을 기다려

얻어낸 득음의 경지를 며칠 만에 접고 훨훨 세상을 떠나는 매미의 높은 덕망을 떠올리며 더위를 식혀냈으면 한다.

　오늘따라 따가운 햇살아래 매미소리가 한층 더 가까이 들리고, 푸른 숲 속을 빠져나온 하늬바람 한 자락, 어느새 머리를 스쳐 구름 속을 타고 오른다.

산 새알 물새알

산골마을은 많은 새들이 살지만 곤줄박이처럼 사람 곁을 서성거리는 녀석들은 없습니다. 오월 초부터 새털 가랑잎 금잔디를 물어다 둥지를 틀고, 일 년에 한 배씩 대 여섯 개의 알록달록한 알을 낳아 어린것들을 길러냅니다. 사는 모습이 귀여워 때때로 좁쌀, 배추 잎, 과자 부스러기와 마실 물들을 넣어줍니다. 그때마다 밤색 꼬리를 삐죽거리며 고맙다 인사를 합니다. 넓은 숲을 마다하고 사람 곁을 빙빙 돌고 있으니 기특하고 사랑스럽습니다.

곤줄박이 박새

곤줄박이는 언제 보아도 아름답습니다. 이마와 뺨은 흰색, 목은 검은 색, 등 뒤엔 반달 모양의 붉은 점과 푸르스름한 회색, 다리와 부리는 검은 색, 배 가운덴 노란색입니다. '고운 좋과 무늬가 박

한 새'라 하여 곤줄박이라 부르게 되었답니다. 그러나 목소리는 신통
치 않아 찍-하고 단조롭게 웁니다.

 몇 년 전엔 문짝이 열려 있는 헌 신발장에 살림을 차리는 것이었습
니다. 시골로 들어와 얼마 안 되는 때였으므로 신발장 귀퉁이에 틀어
놓은 둥지는 신비 그 자체였습니다. 더구나 암놈이 알을 낳으려 옹크
리고 앉아 두 눈을 반짝이며 또록거리는 모습은 보기 드문 구경거리
였습니다. 신발을 옮겨놓고 '쉬-쉬' 목
소리를 죽여야 했습니다. 시간만 나
면 새집을 몰래 훔쳐보곤 했는데 재
미가 여간 고소하고 쏠쏠한 게 아니
었습니다.

곤줄박이 알

 작년엔, 부엌에 딸린 환풍기 연통
에다 둥지를 틀어 속을 태웠습니다. 환
풍기를 돌리면 시끄럽고 가스와 기름 냄새가 코를 찌를 터인데 거기
다 살림을 차리면 어쩌자는 것인 지 어처구니가 없습니다. 새가 사람
을 가둬놓았다고나 할까. 불편은 했으나 환풍기를 끄고 냄새를 참아
내는 일 또한 즐거운 순간입니다.

 올해는 어디다 둥지를 틀었나 궁금하던 차에, 며칠 전 감자를 보관
하려고 광속을 왔다 갔다 하는데 이상한 낌새가 감지되었습니다. 아

니나 다를까. 둥근 쳇바퀴 위에 집을 짓기 시작하더니, 어제부터 암놈이 몸살을 앓고 있습니다. 광문을 닫아걸지 않기가 천만다행입니다. 암컷이 알록달록한 알을 다섯 개나 품고 진땀을 흘리고 있습니다. 숫컷은 암놈이 알을 낳는 동안 영양 보충을 위해 먹이를 부지런히 물어다 먹여줍니다. 또 냄새가 나지 않도록 암컷이 똥을 내놓자말자 널름 받아다 버립니다. 어린 산새들의 사랑 법을 바라보는 광경이 하도 따사로워 그만 눈물이 핑합니다. 암컷은 가까이 다가가 두 손으로 잡으려 해도 꼼짝달싹 않고 두 눈만 또록거립니다. 사람이나 짐승이나 모성은 저리 강한 가 봅니다. 이젠 암컷이 놀랠까봐 광문을 여닫기조차 조심스럽고 누가 문을 닫아놓을까 걱정입니다. 생각다 못해 광문에다 '광속 쳇바퀴에 곤줄박이가 알을 까놓고 품고 있으니 광문을 닫으면 절대 안 됩니다.' 하고 붉은 색으로 커다랗게 써 붙여놓고, 그래도 맘이 안 놓여 창틀에다 막대기를 붙박이로 고정시켜놓았습니다.

농사일을 하다 힘이 들면 새집을 훔쳐보곤 합니다. 혼자 보긴 너무 아까워 뒷집에 사는 초등학교 삼학년 '노을' 이에게도 구경을 시켜줍니다.

“아, 신기도 해라, 아저씨, 알록달록한 알이 다섯 개나 돼요.”
“예쁘지.”
“예쁜 알을 어디로 낳아놓았을까.”
“짝짓기를 하면 알이 생겨난단다.”
“짝짓기가 뭐예요?”
“둥우리에서 같이 잠자는 일이란다.”
“아….”

그런데 노을이 때문에 한 걱정입니다.
등하교 때마다 새알이 보고 싶어 안달입니다.
어제부터는 알을 한 번 만져보면 안 디겠느냐며 성화를 부려댑니
다.

“그러면 좋다, 딱 한 번이다. 대신 알을 만져 보려면 조금 어려운 숙
제를 해야 하는데.”
“뭐죠?”
“음, 힘들어 안 돼.” 노을이의 마음을 떠봅니다.
“어서 말씀해 보세요, 네, 어서요.”
어느새 노을이의 눈이 곤줄박이를 닮아 반짝거리기 시작합니다.
“〈물새알 산 새알〉 동시를 찾아 내일까지 의워올 수 있을까.”
“네, 외우도록 노력해 볼께요.”

잘 모르긴 해도 노을이가 이 동시를 암기하려면 한참 애를 먹지 않을까 생각하니 저절로 웃음이 나옵니다.

물새는
물새라서 바닷가 바위틈에
알을 낳는다.

보얗게 하얀
물새알.

곤줄박이 새끼들

산새는
산새라서 잎 수풀 둥지 안에
알을 낳는다.

알락달락 알록진
산새 알.
-박목월의 〈물새알 산 새알〉 전문

만져보고 주물럭대면 암 컷이 놀라고 손을 탈까봐 사진을 찍어 노을이 책받침에다 끼워줍니다. 좋아 어쩔 줄을 몰라 합니다. 둘이서는 아침에 한 번, 저녁 때 또 한 번 곤줄박이 둥지를 몰래 훔쳐보곤 합니다. '쉿-쉿' 서로의 입을 막고 발뒤꿈치를 들어 살금살금 광속으로 기어들어 갑니다. 참, 행복한 순간입니다.

아기 곤줄박이가 어서 알에서 깨어나 짹짹거리는 노란 주둥이를 보았으면 좋겠습니다. 노을이와 나는 툇마루에 나란히 앉아 지금 막 화악산 뒷자락을 넘어가고 있는 붉은 노을을 타라보며 '물새알 산새알'을 함께 외워봅니다. 노을이의 입술도 어느새 곤줄박이 주둥이를 닮아 샛노랗게 변해갑니다.

글 쓰는 농부의 '아름다운 귀촌일기'
- KBS 6시 내고향 출연

2007년 6월 19일, KBS 6시 내 고향에 출연, '아름다운 귀촌일기'를 함께 쓰며 촬영도 하고 즐거운 한 때를 보냈습니다.

감자 캐랴, 매실 따느라 정신없이 바쁘고 놉 꾼이 모자라 절절매는 농번기에 일손도 돕고, 시골 촌부를 6시 내 고향에 출연을 시켜준다니 이보다 더한 일이 어디 있을까 싶습니다.

무더위가 삼십 도를 오르내리며 땡볕이 내리쬐어 머리가 멍멍할 지경인데 감자를 캐러갑니다. 감자 뿌리에 호미를 넣는 순간 날이 툭툭 걸리고 들어가질 않아 흙속을 조심스레 헤집어 봅니다. 감자알들이 가득하게 모여 숨을 몰아쉬고 있습니다.

원로배우 박용식님과 함께

감자마다 주먹을 불끈, 두 눈을 크게 뜨고 보조개가 쏙쏙 파여 환하게 웃고 있습니다. 참, 때깔도 곱고 미끈하게 잘도 빠졌습니다. 줄기마다 줄줄이 덩이가 달려 나와 밭고랑을 그득하게 메워줍니다. 날씨가 무더워 짜증이 나다가도 감자 캐는 재미가 쏠쏠하기 그지없습니다.

원로 배우 박용식님은 호미질이 서툴러 감자를 제대로 캘까하는데 손놀림이 진지하고 능숙합니다.
'감자 캐는 법을 어디서 배웠지요?'
'나도 농부의 자식이랍니다.'
고향이 강원도라며 자랑이 한창입니다. 그러나 감자가 호미에 찍혀 나올 때마다 안쓰러워 만지고 또 쓰다듬어 봅니다.

솔바우란 동네 이름이 말하듯, 소나무와 돌이 많은 곳입니다. 발에 채는 것이 돌입니다. 감자를 캐다 보면 돌 반 감자 반입니다. 돌이 하도 많아 정신을 똑바로 안 차리면 돌에 홀릴 정도로 척박한 땅입니다. 그러나 돌 속에서 자라난 감자는 분이 파삭파삭 일고 감칠맛 또한 여간 아닙니다.

감자를 캐다 돌담 이야기가 나왔습니다. 지난 번 돌풍으로 그 동안 쌓아놓은 돌담이 무너져 보기가 흉물스럽습니다. 일손이 딸려 농사가 끝나 늦가을에나 쌓을까 생각 중이라니 돌담도 쌓아주겠답니다. 담 쌓는 기술이 부족하므로 무너지지 않도톡 정성을 다해 돌들을 들어

올립니다. 장마와 강한 비바람에도 견디어 낼 수 있도록 구멍을 숭숭 내고 돌들에게 흡인력을 불어넣습니다.

매실도 함께 땁니다. 첫 수학할 땐 가마니나 섬을 나무 밑에 대고 따야 다음 해 많은 열매를 준다기에, 쌀 포대 자루 주둥이를 크게 벌리고 따 담으며 많이도 웃어 봅니다. 매실나무는 꽃도 꽃이려니와 열매를 달기 위해 세상에 태어나나 봅니다. '다닥다닥' '닥지닥지' 라는 말이 어울릴 만큼 그악스레 많은 매실을 달고 있습니다. 하도 많이 달려 손가락이 안 들어갈 정도입니다. 풍작이 들면 매실 한 나무가 몇 십 만원을 벌어줄 정도로 효자 노릇을 톡톡히 해냅니다.

매실

낮은 곳은 앉아서도 작업을 할 수 있지만, 높은 곳은 목을 뒤로 제치고 잎 속을 헤쳐 가며 따내려니 목줄이 댕겨 옵니다. 철제 사다리를 놓고 다람쥐처럼 오르락내리락 거리려니 다리가 후들거립니다. 참다못해 높은 곳엔 장대로 두들겨댑니다. 매실에겐 미안하지만 높다보니 어쩔 도리가 없습니다.

매실을 제대로 거두자면 약을 몇 번씩 뿌려주고 돌봐야 하건만, 야생으로 키우려니 모양새가 찌그러지고 벌레가 파먹어 생김새가 말씀

이 아닙니다. 그래도 초록물이 통통 오른 못난 것들이 귀여워 한 입
깨물어 봅니다. '아이고, 시구라.'

　1박 2일 동안 함께 촬영을 하며 많은 것을 배웠습니
다. 방송에 몇 번 출연을 해 본 경험은 있지만, 이번만
큼 진지한 모습과 프로정신, 직업의식을 가지고 작품
을 완성해내는 모습은 처음입니다.

　내려쬐는 무더위와 계속되는 촬영으로 툭하면
NG를 내 녹초가 되고 기진맥진 했으나 방영 후
그 여파는 만만치 않습니다. 감자와 매실을 구
입하겠다는 사람, 집을 방문하겠다, 땅 좀 사
달라, 하다못해 한글을 가르쳐 달라는 이야기까
지… 며칠 동안 전화통에 불이 날 지경입니다.

박용식님, 아이! 시거워

　사는 모습이 궁금하다며 제자들도 안부를 전해옵
니다. 어느 제자는 출연기념으로 용돈을 보내주겠다며 계좌번호를 가
르쳐달라는 통에 애를 먹이기도 합니다. 이대로 가다간 나도 멀지 않
아 유명인사가 되지 않을까 심히 걱정입니다. 행복한 순간입니다.

아침이면 세수를 하고 옆에 서있는 산,
날마다 조금씩 새로운 모습으로 얼굴을 내미는 산,
열다섯 해를 보고 살아도 바라보면 가슴이 뛰는 산,
저 산 하나만 바라보고 살아도 부러울 것이 없다.

수련(睡蓮) 앞에서

먹고 마시고 사랑하고 미워하며 험난한 세상을 살아가는 동안, 설움과 분노, 욕정과 애증 같은 것으로 마음이 뒤흔들리고 번거로울 때가 한 두 번이 아니다. 그 때마다 산을 오르거나 화목원을 찾아나선다.

수련은 오월부터 개화를 시작해 삼일 간격으로 피어선 지고, 지고 피기를 거듭하다 구월에 가서야 꽃피기를 멈춘다. 밤에는 잠을 자고 아침에 피어나 그 이름이 '잠자는 연꽃' 즉 수련(睡蓮)이라 부른다. 물위에 떠 있는 신비함으로 물의 요정이라 불리기도 하고, 수련을 따려고 손을 내밀면 물속으로 빨려 들

수련

어가 목숨을 잃게 된다는 전설도 있다. 이집트에서는 '나일강의 신부'라고도 부른다.

수련이 꽃잎을 열 땐 팝콘처럼 뾰족하다가 해가 떠오르면 물 위에 납작 엎드려있다. 언제 보아도 훌쩍 몸을 드러내지 않고 수줍은 모습 그대로다.

수련마다 하얗게 웃고 있다. 꽃 한 송일 살짝 들어 올려 본다. 염화미소와 이심전심(以心傳心)의 경지가 이런 것일까. 그대로 곱고 하얀 옥양목 빛이다. 수련 꽃물이 하도 고와 결으로 선뜻 다가서기가 두렵다. 그저 꽃을 바라보고 향내를 조금씩 맡아내도 분수에 넘칠 듯싶다.

수련은 꽃도 꽃이려니와 잎 자체가 더욱 값지다. 잎은 타원형으로 둥글고 두껍다. 둥근 잎은 원만하고 부드럽다. 바람이 불어도 함부로 촐싹대는 법이 없고 다소곳해 좋다.

이 세상 온갖 번뇌와 아픈 마음을 다 받아주고도 남을 만큼 넉넉하고 포근하다. 오월 어느 날부터 꽃이 벌기 시작하면 녹색 잎은 생기와 윤기가 돌아 이들이들 춤을 추고, 행여 이슬방울 하나 떨어져도 또르르

굴러 내린다.

　잎은 원형이면서 트임의 여백을 보여준다. 가운데 잎맥을 중심으로 한쪽이 열려있다. 하나인 듯 둘이고 둘인 듯 하나다. 둥글게 자리매김 하기까지 여백을 보임으로 찢어지고 말려드는 고단한 일상을 여유롭게 참아내는 지혜를 터득하고 있음에랴.

　화목원 수련 못에 도착하자 비가 내린다. 비가 오다니, 비를 맞으며 수련을 바라보면 그 기쁨이 한결 더하다. 하얀 연못에 초록 연잎, 빗물이 떨어질 때마다 푸른 우산을 하나씩 바쳐 들고 손짓을 한다. 속세(俗世)에서 달고 온 몸뚱이의 때를 벗겨내고 업장(業障)을 닦아 내라고 비가 내리나 보다. 연꽃 비,

개구리가 꽃밥을 따 먹다가…

빗물이 잎에 닿으면 똘똘 말아 쏟아버리고 알몸이다가, 굵은 빗방울이면 잎을 차고 솟아올라 다이아몬드 빛 춤을 춘다. 방울춤이 시작되면 푸른 잎은 더욱 넓고 둥글게 보인다.

　수련의 수련다움은 깨끗한 마무리에 있다. 해가 뜨면 꽃잎을 열고 날이 기울면 일찍 잠자리에 드는 평상으로의 되풀이. 시든 꽃은 물속으로 모습을 감추고 추한 꼴을 세상에 드러내지 않는다. '나 가요.'

조용히 몸을 숨기는 잔잔한 몸짓.

　오늘따라 수련의 하얀 꽃물과 많은 시간을 함께했다. 수련들의 움직거림이 좋아 해 어스름까지 연못가에 앉아 있으려니, 어느새 하나 둘 눈을 비비적대며 잠자리에 들 채비를 하고 있다.

　고달프고 어지러운 일상으로의 바동거림, 시간이 얼마나 더 흘러야 수련처럼 흐린 눈매를 씻어내고 한 송이 꽃으로 피어날 수 있을까.

며느리 밑씻개

몇 년 동안 고집스레 재래식 화장실을 사용하고 있습니다. 정화조가 있다지만 맑은 개울물이 오물로 더럽혀지는 것이 싫기도 하고 친환경농법엔 인분이 절실해서입니다.

인분을 거름으로 쓰자니 재래식 변소가 여간 불편한 게 아닙니다. 여름이면 구더기가 우글대 파리들이 득실거리고 똥 묻은 발로 밥상을 오르내립니다. 겨울에 일을 보려면 엉덩이가 시려와 덜덜하기도 합니다. 누가 집을 방문한다하면 재래식 화장실 사용이 괜찮은가부터 물어봅니다.

어린것들이 시골오기가 무섭다 하니 그도 걱정입니다. 분(糞)이 흙에 내려주는 혜택과 배설물을 땅에 되돌려 줘야하는 모항회귀(母港回歸)의 중요성을 어찌 설명해야 화장실 두려움을 없애고, 편한 마음으로 시골을 다녀갈 수 있을지 행복한 고민을 하고 있습니다.

며늘아기가 시골을 다녀간다 합니다. 며느리가 온다면 융통성 없는 시아비가 제일 먼저 하는 일은 화장실 청소입니다. 그동안 흘려놓은 이물질들을 닦아내 쓸고 변기도 깨끗한 물로 씻어 내립니다. 방향제도 달아놓고 휴지도 보드라운 것으로 갈아 끼워 놓습니다. 그리고 요즘 읽은 감명노트의 글귀들을 몇 개 적어 문에 붙여놓습니다.

며느리 밑씻개

정신없이 화장실 청소를 하다 보니, 울타리 아래 며느리밑씻개들이 슬픈 옛이야기 나누자합니다. 밑씻개 줄기엔 거칠고 까슬까슬한 가시가 돋아나 있습니다. 항상 이 '가시'가 말썽입니다.

지금이나 옛날이나 밭일을 하다 갑자기 뒤가 마려우면 걱정입니다. 휴지가 없던 옛날엔 밀어내기 한 판 후 넓은 가랑잎이나 풀들을 돌돌 말아 닦아내곤 했습니다. 시어미가 일을 보고 호박잎을 뜯어 씻으려는 찰나, 무언가 뒤끝을 따끔따끔 사납게 찔러댑니다. 갈고리처럼 앙판지게생긴 가시 돋친 줄기입니다. 얼마나 까슬까슬해 놀랬던지 "며느리 똥 눌 때나 걸려들지." 했더랍

니다. 하필 이 순간에 애꿎은 며느린 왜 들먹대는지 알다가도 모를 일
입니다.

시아버진 한 수 더 뜹니다. 할 일이 그렇게도 없었던 지 며느리가
화장실 들락거리는 것까지 감시하며 트집입니다. 툭하면 일은 않고
화장실에 엎드려 산다며 짚 대신 가시달린 며느리밑씻개로 뒤를 닦으
라고 호령을 해댑니다. 옛날얘기지만 어처구니가 없습니다.

며느리밑씻개를 보고 있으면 지난날 며느리들의 애옥살이가 얼마
나 한스러웠던가를 미루어 짐작해 볼 수 있습니다. 벙어리 삼년, 귀머
거리 삼년, 장님 삼년이라 했으니 그 속이 얼마나 터졌을까, 지금도
가슴에서 앙앙 소리가 들려옵니다.

내가 오늘 화장실 청소를 열심히 하는 이유도 여기에 있습니다. 주
변머리 없이 개량화장실 하나 못 짓고 옛날 어느 시아비처럼 며느릴
우습게 본다는 소릴 들을까 봐 걱정이 돼서입니다.

며느리밑씻개는 이름과 어울리지 않게 꽃물은 여리고 만지면 터질
듯합니다. 하얀 바탕에 분홍색 꽃물이 조금씩 들어 바람이 불 때마다
가늘게 흔들거립니다. 더구나 줄기가 길다보니 금방 쓰러질 것만 같
습니다. 사실 가시가 좀 까슬까슬해 그렇지 겉보기엔 갓 시집 온 며느
리의 귀밑 솜털을 보듯 서늘합니다.

며느리밑씻개를 한참 보다가 자리를 뜨려니 금세 종아리에 매달려 떨어지질 않습니다. 어쩌다 모르고 곁을 지나가면 앙칼지게 살갗을 하벼댑니다. 아직도 고부간의 갈등이 덜 풀린 듯, 시린 모습으로 자꾸만 바짓가랑이를 잡아당기고 있습니다.

세상이 변하여 고령사회가 되어가고 있습니다. 나이가 들면 너나없이 노후걱정이 이만저만 아닙니다. 가끔 죽는 순간을 어찌 마감을 해야 멋있을까 곰곰 생각을 해봅니다. 하기야 잘 먹고 잘 싸고 잘 자며 인생삼쾌(人生三快)를 누리다 어느 날 '나 갈란다.'며 세상을 떠나면 얼마나 좋으련만, 그것은 복을 타고난 사람 몫이 아닐까 싶습니다.

며느리 밑씻개가 시어미 밑씻개로 변해가는 세상, 시아비 밑씻개로 둔갑할 날이 그 며칠일까 싶습니다. 지금부터라도 '시아비 밑씻개' 소릴 듣지 않으려면 시간 나는 대로 부담스럽지 않게 죽는 법을 연습하며 생을 추스를 때가 아닐까하고 자꾸만 행복한 고민을 해봅니다.

작은 연꽃, 고마리

고만고만한 것들이 줄기차게 피어나 이제 그만 피었으면 싶다. 그러나 고마리가 신통한 것은 밝은 곳을 마다하고 더럽고 질척한 개울과 연못가에 피어나 물청소를 하며 살아가기 때문이다. 마치 어두운 곳에서 묵묵히 자기소임을 다하며 세상을 살아가는 사람들을 보는 것 같아 여간 대견스럽지 않다.

고마리

오늘도 고마리를 찾아 연못가로 간다. 더러운 물을 걸러내고 그 물을 마시고도 순수로 피어난다. 한 방울의 물이 깨끗해지는 그 날까지 쉼 없이 산소 향을 토해내며 탁한 물을 걸러낸다.

고마리가 피어나는 이 가을에는 고마운 것들만 생각하기로 하자. 고마운 사람들을 고마리 꽃잎에 하나하나 달아놓고 이름을 불러본다. 조용히 불러도 숨이 차오르고 나를 떨리게 하는 사람들.

작은 박씨네 집은 큰 길가에 있다. 대문은 있으나 늘 활짝 열려있다. 문을 닫지 않으니 지나가는 사람들마다 기웃거린다. 그 집 앞을 지나며 동네 사람들은 싫든 좋든 음식냄새를 맡게 되어있다. 삼겹살, 고등어 굽는 냄새, 부침개 지지는 소리, 아욱국과 된장국의 보글거림, 수런수런 사람 사는 기척에 누구나 한 번 쯤 박씨네 집을 들여다본다. 그러면 박씨는 사람들을 불러들인다. 못이기는 척 잔기침을 하며 안으로 들어서면 대개 먹든 음식이나 술고 시원한 물 한 잔을 권한다.

박씨네 두 내외는 이렇게 사람들을 좋아한다. '그저, 사람 집엔 사람이 끓어야 혀.' 그들 부부의 철학이며 삶의 모습이다. 배운 것 없어도 따스한 정 한마디에 모두들 고마워하고 좋아한다. 사람들은 그를 가리켜 '면장님' 이라 부른다. 살뜰한 정이 시골면장을 닮아 얻은 별명이다.

연꽃만 연못에서 피어나는 줄 알았다. 하찮고 귀찮게 여겨온 고마리 잡초가 연못이나 개울가에 피어나 보이지 않는 손으로 물청소를 하는 줄은 미처 몰랐다.

올 가을에도 '작은 고마리' 들이 고만고만 피어나 미소를 머금고 있다. 나는 지금도 시간만 나면 고마리 사랑 법을 배우러 연못을 찾아나선다. 그러면 연못 속에서 웬 낯선 남자가 나를 자꾸만 올려다 보며 모른척 하고 있다.

며느리 배꼽에 가을 햇살이

시어미 심술에 뱃속이 부글거리고 울화가 차오르면 배꼽을 닮은 꽃이 피어납니다. 며느리들의 애옥살이 눈물로 피어나는 꽃, '며느리 배꼽'입니다. 시리고 서늘한 배꼽 속으로 가을 햇살 내려와 서러운 한(恨) 덩이를 다독이고 있습니다.

배꼽에도 손금처럼 무늬가 있어 사람마다 모양이 조금씩 다르다합니다. 탯줄을 자를 때 동맥 두 줄과 정맥 한 줄을 잘라낸 면이 세 바퀴로 감돌아 그 사람의 운명을 결정한다 합니다. 며느리 배꼽무늬가 좌로 돌았으면 아들, 바른 쪽으로 돌았다면 딸만 날 팔자라 하고, 갈고리 모양이면 그 남편은 영락없이 공처가가 된다는 이야기도 있습니다. 배꼽이 깊어 위쪽을 향하고 있으면 자식이 출세해 가문이 번성하지만, 얕고 아래로 처지는 날엔

며느리 배꼽

가난을 면치 못한다고도 합니다.

  배꼽 생김새로 사람의 운명이 좌우된다니 웃어넘길 일이지만, 옛날 시어미들은 툭하면 며느리 배꼽타령입니다. 요즘처럼 목욕탕도 시원치 않아 배꼽을 언제 보았을까마는, 집안 일이 제대로 풀리지 않아 꼬이기 시작하면 며느리들의 배꼽수난이 시작됩니다. 배꼽 깊이가 얕아 아들을 못 낳는다고 박대를 하고, 배꼽이 아래로 처져 집안이 궁색하다며 밥을 굶기고, 배꼽이 못생겨 장손이 바람을 피운다며 며느리에게 모든 덤태기를 씌우며 앙탈을 부리기 시작합니다.

  옴폭 파인 며느리배꼽 속을 바라보면 가엽기 그지없습니다. 처음엔 줄기가 동그란 잎을 뚫고 나오다가 시간이 지나면 하얀 꽃물로 피어납니다. 배꼽 전설을 입증이나 하듯, 처음엔 연분홍색 꽃물이 들다 차츰 서늘한 흰색으로 변해 갑니다. 하얀 쌀알이 동그란 잎 속으로 몇 알 들어와 박혀 서럽고 시린 시집살이 이야기 나누자
합니다.

  시어미 심술과 매운 시집살이로 살갗엔 가시가 돋쳐 까슬까슬하고, 많은 세월이 지났건만 지금도 잔소리를 들으면 옷깃을 여미고 입을 다물어버립니다. 시어미의 만만한 상대 며느리, 궁색하고 하찮으면 며느리 배꼽을 들춰내 투정도

부리고 트집을 잡곤 합니다. 이런 땐 시어미 배꼽이 어떻게 생겨먹었나 궁금해 '어머니 배꼽 한 번만 보여 주시면 안 될까요.' 해 보지만, 금세 벼락을 칠 일이니 그저 벙어리로 긴 세월을 살아갑니다.

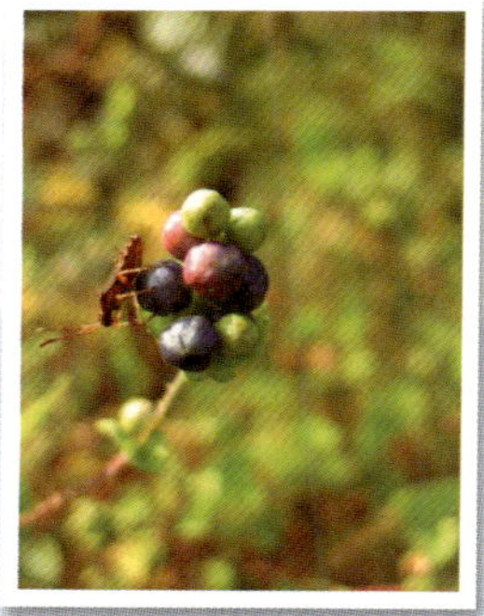

애옥살이 눈물 자국에 피어난 며느리 배꼽은 유별납니다. 가을햇살이 쏟아지기 시작하면 엷은 녹백색 열매로 변합니다. 분홍색으로 한을 토해내다 가을이 깊어 가면 흑색으로 옷을 갈아입습니다. 버거운 세월에 뱃속이 까맣게 타들어 한도 눈물도 서러움도 녹아내려 흑진주가 됩니다.

오늘날 고부간 위상이 역전 되어 며느리 권세가 한층 등등한 판에 공연스레 지난 얘길 꺼내 시어머님들께 송구스럽다가도, 흑진주로 승화한 며느리 배꼽이 오늘따라 가을하늘만큼이나 높아만 보입니다.

용담(龍膽)

가을이 깊다. 하늘이 파랗게 물들어 코발트빛이다. 하늘이 쪽빛으로 물들기 시작하면 마음속도 파란 피가 흘러야하는 법인데 그렇지 못하다. 몸이 무겁고 기분이 우울해서이다.

요즘 내 지갑 속은 늘 허전하다. 어쩌다가 마이너스 인생이 되었다. 플러스 인생을 살아도 시원찮은 판에 영점 아래 나락 속을 헤매며 허덕이다니 참 딱한 노릇이다. 아무리 둘러봐도 대책이 없다.

가슴이 답답하고 우울한 날은 산으로 간다. 산 속엔 용담 꽃이 한창이다. 용담만큼 쪽빛하늘을 닮은 가을꽃은 없다. 용담은 팔월 중순부터 피기 시작해 시월말까지 계속 코발트빛이다. 꽃들은 줄기와 잎 사이에서

용담

겨드랑이를 간질이며 피어난다. 작은 종을 닮아 조금만 건드려도 달랑거리고, 바람이라도 불면 금세 애절하고 가녀린 천사의 나팔 소리가 들려올 듯하다. 요즘처럼 하늘색이 파랗게 물들 때가 가장 요염하고 아름답다.

새벽이면 입술을 벌리고 찬이슬을 받아먹으며 시리게 피어난다. 가을 깊어 물기가 빠져나간 풀 속에서 고개를 내밀고 있는 연보라색을 보고 있으면 뼈가 저려올 정도다.

키에 비해 줄기는 가늘어 바람이 불때마다 쓸어질듯 하다가도 줄기차게 버티고 일어난다. 잎 가장자리는 밋밋하여 달걀처럼 원만하고 물결모양을 하고 있다. 꽃잎이 일렁일 때마다 남의 속도 모르고 '당신이 우울해하고 있는 모습이 보고 싶어요.' 하고 말을 걸어온다. 꽃말이 '슬퍼하는 당신 모습을 사랑한다.' 니 얄미워 죽을 판이다.

산 입구에서부터 '우울' 에 대해 생각해 보았다. 얼마 전까지만 해도 우울과 자살은 미련한 자들이 저지르는 사치인 줄만 알았다. 신경증에 시달리다 주머니에 돌을 가득 담고 강에 몸을 던진 버지니아 울프, 엽총으로 세상을 마감한 헤밍웨이, 남편 배신에 시달리다 오븐에 머리를 박고 죽은 실비아 플라스 등이 남의 일이 아님에 새삼 몸이 오싹해 온다.

내 인생이 어디쯤에서부터 잘못 되었는지 정리를 해본다. 오늘의 마이너스 인생이 거쳐 가야할 응보라면 달게 받아야 되겠다고 마음을 다잡아 본다. 혈압은 한 번 올라가면 떨어질 줄 모르고, 간의 열을 내고 태워봐야 자신만 속이 쓰릴 뿐이다.

가을을 누가 우수(憂愁)의 계절이라 했던가. 이 스산하고 우울한 순간을 벗어날 정답은 없을까. 이런저런 생각을 하며 산을 오르다 보니 벌써 정상이다. 높은 곳에도 용담 한 송이 피어나 연보라색을 물들이며 가을 하늘을 만끽하고 있다.

예부터 '용담 맛은 쓰고 성질은 차며, 혈압을 낮추고 간의 열을 내린다.' 했다. 용담 뿌리를 조금 캐어내 씹어본다. 좋은 약일수록 입에선 쓰고 몸에는 이롭다더니 금세 쓴맛이 입 안 가득 싸하게 돌아 마음을 차분히 가라앉힌다.

작가의 실루엣

자신을 어찌 담금질 했으면 뿌리가 이리 쓸까. 이슬만 먹고 살아도 내공을 단단히 다스려 아름다운 꽃을 피워내고 있는 한 송이 들꽃.

얼마나 쓴맛을 보고 찬이슬을 더 맞아야 한 송이 들꽃으로 피어날 수 있을까. 옛날 누구처럼 나도 와신상담(臥薪嘗膽)을 하며 쓸개를 더 씹어야 할까. 하산을 하는 데 좀 전에 만났던 용담이 그림자 속으로 자꾸만 따라 내려오고 있다. 가을이 점점 더 깊어간다.

그리운 것들은 산 밑에 있다

산이 좋아 산속 생활을 한지 벌써 십오 년이 되어간다. 열다섯 해를 맞이하는 이 가을 산 속, 해가 솟아오르면 환한 산이 되고 달이 뜨면 검은 산으로 변한다. 눈을 마주하면 어느 곳에 무슨 나무가 있는지 금방 손짓하는 산, 아침이면 세수를 하고 옆에 서있는 산, 날마다 조금씩 새로운 모습으로 얼굴을 내미는 산, 열다섯 해를 보고 살아도 바라보면 가슴이 뛰는 산, 저 산 하나만 바라보고 살아도 부러울 것이 없다.

고향 논배미

가을 아침이 열리고 있다. 산 밑 아침은 옅은 안개로 자욱하다. 꿈처럼 다가와 바람처럼 흩어지는 안개꽃, 하얀 머리를 어슬어슬 들고

일어나 몸 전체를 뽀얗게 뒤덮는다. 흰 실타래를 풀어내듯 밀려오는 하얀 입김들, 별안간 몸 전체가 분해 작용을 하며 산 속으로 붕 솟아오른다.

헛기침을 하며 새벽을 맞이한다. 안개를 털어내며 텃밭 돌아 긴 논둑을 넘는다. 흙도 만져보고 청벌레도 떼어내고 물꼬도 터놓는다. 논배미를 넘어가는 발자국 소리에 벼 포기들이 통통 불룩해온다. 가을배추와 김장 무들도 제법 자라 잎들이 팔랑, 가을 아침이 더욱 싱그럽다.

안개 속에서 올 마지막 씨를 뿌린다. 알타리무, 청갓, 열무, 쪽파 씨앗들을 흙으로 덮다 둘러보니 어느새 나도 작은 씨알로 고물거린다.

뿌연 안개 걷히고 금세 산 전체가 햇볕으로 가득하다. 가을 산 아래 가을볕이 좋다. 숨쉬기가 부드럽고 편하다. 신선한 기운이 가득 찬 가을 산, 그 산 아래 가을볕, 볕이 하도 맑아 숨쉬기가 미안할 정도다. 그냥 보고 듣고 느끼며 온 몸으로 빛을 맞이한다. 한가로운 정오의 가을 볕, 갑자기 울음이 터질 것만 같고, 산을 향해 소리라도 질러보고 싶은 한낮의 정

적이다.

산 속 생활 열다섯 해, 산 아래 산이
하나 더 있다. 산 밑에 또 다른 작은 산,
처음 귀촌할 때부터 많은 들꽃과 야생
화를 집과 밭 둘레에 심었다. 잘은 모르

지만 들꽃이 한 백여 종, 나무들도 수십여 그루가 넘을 듯싶다. 그 동
안 하나둘 심은 나무들이 집 가까이에서 동무처럼 다정하게 자라고
있다. 지금은 나무들이 자라 산 밑 오막살이집을 에워싸 조금 떨어진
곳에서 보면 동그랗게 피어오르는 연기만이 그곳에 집이 있음을 말해
준다.

가을 햇볕이 작정 없이 내려 쪼이고 있다. 가을볕 속으로 맑은 공기
가 따라나서나 싶더니 도처에 가을 열매들이 풍성하고 충만하다. 오
막살이를 둘러싼 그리운 것들에게 감사하고
또 감사한다.

며칠이면 추석이다. 고향을 숨차게 달려오
는 모든 이들에게 풍성하고 넉넉한 가을 선물
들을 듬뿍 나누어주고 싶다. 당신들에게 하루
가 투명하게 다가서는 가을 산과 햇볕과 볕이
익혀낸 열매들을 안겨주고 싶다. 도시에서 잃

어버린 고향냄새와 향기와 그리운 것들을 되돌려주고 싶다.

성큼성큼 다가서는 가을, 요 며칠 동안 귀뚜리 소리에 잠이 오지 않아 뜰 밖으로 나아가 서성거린다. 음력 팔월 초아흐레 상현달이 산을 넘어가고 있다. 그리운 것들은 산 밑에서 소록소록 잠이 들고….

고추 따는 남자

　농촌의 봄은 고추씨에 날아와 앉습니다. 해마다 우수(雨水) 다음 날 씨를 넣습니다. 봄바람이 수선을 떨며 지나칠 때마다 따스한 햇살을 하우스에 가둬놓고 씨알이 터질 날을 기다린 지 한 달 여, 여린 싹들이 머리마다 진청색 모자를 쓰고 작은 속삭임으로 봄을 열어 보입니다. 고추에 하얀 꽃이 피고 어느 날 쌍갈래 가지가 벌어 방아다리가 놓이면, 그 사이로 파란 고추들이 달리기 시작합니다. 탱탱한 고추들이 방아다리에 매달려 대롱거리는 모습은 어린 아이의 잠지를 보듯 앙증스럽고 풋풋합니다.

태양초

　뻐꾸기가 여름내 피나게 울어대다 돌아간 자리, 고추들이 빨갛게 익어 가을 앞마당을 활활 태우고 있습니다. 붉은 고추들은 참 겸손합니다. 여름내 자신을 물들여낸 태양이 고마워 고개 한 번 들지 못합니다. 몸이 뜨거워 웃지도 못합니다. 따가운 햇살에 몸을 비비적대며 고갤 숙이고 있을 뿐입니다.

바구니 가득 빨간 고추를 따 담습니다. 벌써 세물 째 따고 있습니다. 첫물은 방아다리를 내려다보며 따고, 두 물은 마주 보며, 지금 세물 째는 키가 훌쩍 커 올려다보며 따 담고 있습니다. 고추 키가 얼마나 자라났는지 끈을 세 번이나 매주고 버팀목도 단단히 다시 박아 주었습니다. 여름내 거센 비바람과 해충들로 고생이 심했으련만 싱싱한 모습으로 마무리를 잘해주어 여간 대견스럽지 않습니다. 고추 농사를 지으며 가장 행복하고 뿌듯한 순간입니다. 하늘이 높아갈수록 붉은 고추들을 내려다보며 풍요로운 계절에 새삼 고마움을 느낍니다.

고추 따는 일은 남자에겐 그리 쉬운 일이 아닙니다. 조물주가 세상에 인간을 창조해 낼 때 남자는 모든 일을 서서 하거나 허리를 굽혀 하게 만들어 놓았는지는 몰라도 쪼그려 앉아 일을 하기가 여간 불편한 게 아닙니다. 고추는 쪼그려 앉아 따야합니다. 두 다리를 오그리고 앉아 고추를 따내다 보면 어느새 하품이 나고 짜증스러워 옵니다. 뿐이겠습니까. 고추들도 남성들을 그리 달갑게 여기질 않습니다. 같은 고추를 달고 있는 동성끼리의 만남이 반가울 리 없습니다. 예부터 남자가 고추밭에 얼쩡거리면 열리지 않고 여인들의 발자국 소릴 들으면 춤을 춘다 하였습니다.

비닐하우스엔 태양초가 그득합니다. 난 가능하면 태양초만 고집합니다. 물고추를 따 저 아래 건조기에 한 번 돌려 쉽게 말려도 되련만, 태양초를 고집하는 덴 다 그만한 이유가 있습니다. 고추는 뭐니 뭐니 해도 태양을 만나 몸을 달궈내야 태양초로서의 품위와 자존심이 드러나게 되기 때문입니다. 태양초는 고추와 태양과의 약속이며 나의 실천의지이기도 합니다.

처음부터 고추농사 수입은 집사람 몫으로 되어있습니다. 나는 고추농사는 짓되 고추로 벌어들인 돈엔 관심이 없습니다. 고추 값이 얼마가 되 든 고추에 딸려들어 오는 돈 벌이는 집사람 안주머니 속으르 차곡차곡 쌓입니다. 집사람은 그 수입으로 곶감 빼먹듯 짭짤하게 굴려 긴 겨울 동안 용돈으로 브태 쓰고 있습니다. 이런 점에서 난 고추농사가 끝날 때까지 남편으로서의 존경을 받습니다.

올해엔 고추가 매운 맛을 제대로 하려나 봅니다. 옆에 집들은 탄저병이 돌아 하루아침에 말라 비틀어져 고개를 외로 꼬고 있어도 우리 고추밭은 싱싱합니다. 잘 모르긴 하지만 그 동안 파다 부은 부엽토 덕분이 아닌가 싶습니다. 제초제와 농약 사용을 자제해 왔으니 하늘이 내려준 조그만 선물이 아닐까 싶기도 합니다.

　어제 밤 비 내려 제법 서늘하더니 오늘은 언제인 듯싶게 하늘이 유리알처럼 맑습니다. 해맑은 태양 아래로 고추잠자리들이 고추밭 고랑을 어지럽게 맴돌고 있습니다. 그 때마다 싱싱한 고추알들이 점점 붉게 물들어갑니다.

무와 시래기

장마가 유난히 길다. 무씨를 뿌려야하는 데 비가 그칠 줄 모르니 안달이 난다. 비가 뜸한 틈을 타 질척한 고랑을 보듬고 무씨를 넣는다. 때를 놓치면 무가 제대로 자라질 못하기 때문이다. 비가 내리다 그치고 그치다 내리니 씨가 고르게 붙지를 않는다.

무 농사는 씨앗이 고루 붙고 간격이 가지런해야 보기도 좋고 통 알이 실하다. 어릴 때 자주 솎아주고 곁 잎을 따줘야 숨도 제대로 쉬고 튼실하게 자리매김을 한다. 자리를 잘 잡아야 무에 바람이 들지 않는다. 바람이 들면 이보다 더 속상하는 일은 없다. 허우대가 멀쩡해도 겉과 속이 다르면 키워봐야 무 노릇도 못하그 한 해 김장만 망쳐놓는다. 헛바람이 들지 않도록 무 고랑을 조심스레 다독여본다.

어린 싹을 붙이고 솎아 잎사귀가 팔랑거리나 싶더니 손님이 들락거린다. 노루가 그냥 놔두질 않는다. 노루는 보기만 해도 재수가 없다는

데 저녁마다 밭으로 내려와 무청을 짓밟고 뜯어먹는 바람에 속이 부
글거린다. 보다 못해 흔들거리는 홀림 줄과 허수아비를 세워 놓았다.
그리고 노루가 잘 볼 수 있도록 메모를 써 붙였다.

허수아비

"노루님, 넓은 산과 들판을 놔
두고 하필이면 무밭에 내려와
쑥밭을 만드시나요. 사람도 먹
고살아야지요. 오늘밤부터는 넓
은 세상으로 가 놀아주시면 고
맙겠습니다. 노루님."

허수라비랍시고 여름내 입던 보라 색 비옷 윗도리를 세워놓았으나
그것도 잠깐, 비웃기나 하듯 무청을 뜯어먹는 바람에 무밭이 듬성듬
성하다. 그러나 참고 견디다 보면 사람 먹을 만큼은 남겨 놓을 것이
다.

가을이 깊어간다. 어느새 샛노랗던 낙엽송 잎들이 우수수 무너져
내려 빈 밭을 건너가고 있다. 하늘 높아 별자리가 말곳해 오고 스산한
바람이 몰아치면 된서리가 내릴 징조이다. 화악산이 영하권이고 대관
령엔 첫눈이 내렸다 한다. 농작물 피해를 입지 않도록 단속을 잘하라
겁을 덜컥 준다. 서리는 농부에겐 비상계엄이나 마찬가지다. 가을걷
이로 마음이 바빠지기 시작한다. 강아지와 부지깽이도 덩달아 설쳐댄

다. 그러나 서둘다 보면 호들갑을 떨게 되고 정신만 사나워진다. 순서를 잡아 하나하나 거둬들이자 마음을 추슬러본다.

무들은 된서리 한 방이면 맥을 못 춘다. 무는 뽑아 땅 속에 묻고 무청은 시원한 곳에 매달아야 가을걷이가 거의 끝나 간다. 무들을 당겨 뽑아보니 탱탱 잘도 생겼다. 노루와 산돼지 등쌀에도 자신을 채워낸 연두 빛 머리와 하얀 속살이 대견스럽기만 하다.

못난이 토종무

무를 다듬다 보니 생김새도 참 가지각색이다. 신랑 각시도 있고 사모관대 모양에 수염이 덥수룩한 것도 있다. 같은 날 같은 씨앗을 뿌렸건만 서로 다른 때깔로 태어나다니 신기하기만 하다.

통무를 하나 조선낫으로 껍질을 벗겨 한 입 덥석 물어 본다. 단물이 물컥, 입 안 가득 묻어나는 매콤하고 달착지근한 토종 무맛, 배속이 짜르르 하는가 싶더니 이내 개 트림 나와 코가 찡하다.

조선 낫으로 깎은 토종무 맛

무 잎을 무청이라 하고 묶어 매달면

시래기가 된다. 시래기를 버리면 쓰레기로 변해 구질구질하고 하찮은 존재에 불과하지만, 농사꾼들에겐 더할 나위 없는 겨울 양식이다. 시래기 말려 눈 쌓인 겨울날 삶아 된장국도 끓이고 무쳐놓으면 시골반찬으로 그만이다.

올 겨울에도 북한강 상류엔 많은 눈이 쌓일 것이다. 갈무리해 놓은 무를 꺼내 군것질도 하고 통 시래기 국 끓여 긴 겨울밤을 보낼까 한다. 또 시간이 허하면 헛배에 바람이 들지 않도록 몸단속도 하고, 쓰레기가 시래기로 변해가는 평범한 진리를 되씹으며 삶의 의미를 되새겨 보려한다.

설렁거리는 가을바람에 우수수 무너져 내리는 낙엽송 잎을 바라보며 쓸쓸해하다가도, 주렁주렁 걸려 있는 시래기 타래에 그만 가슴이 훈훈하게 저려온다.

시래기

아저씨, 알밤 주우러가요

가을바람이 설렁 밤나무 숲을 건너가고 있습니다. 여름내 가지마다 그악스레 달라붙었던 꺼슬한 밤송이들, '후드득' 몸을 풀고 있습니다. 세월이 이리 흘렀나 달력을 들춰보니 추석이 며칠 앞입니다.

아침부터 뒷집 복실이가 알밤을 주우러가자고 보채댑니다.

"아저씨, 밤 주우러가요, 앞산에 알밤이 수도 없이 떨어진대요, 같이 가요네."
　"아저씬 바빠서 못 간다, 너 혼자 다녀오너라."
　"혼잔 무서워서 못 가요, 풀숲에 꽃뱀이 있대요."
　"그럼, 앞 골 돌이와 같이 가렴."

“돌이와 붙어 다니면 다른 아이들이 놀려대요.”
“안됐구나, 하지만 아저씬 배추밭도 매주고 고추도 따야 하는데….”

슬그머니 꽁무니를 빼려니 사뭇 울상입니다.

“그럼, 너 약속하나 할래.”
“……?”
“복실이 너, 작년 가을 운동회 날 달리기하다 넘어져 울었지, 올핸 잘 뜀박질 할 수 있겠어?”
“자신 있어요, 아저씰 깜짝 놀라게 해 드릴게요. 약속해요.”
“정말, 틀림없는 거다.”

둘이서는 손도장에 복사와 코팅까지 하고, 조선낫과 양파자루를 들고 뒷동산으로 올라갑니다. 알밤들이 바람 소리에 놀라 후두-둑 몸을 풀고 있습니다. 풀숲을 헤치며 밤톨들을 한 알 한 알 주워 담습니다. 금세 호주머니가 불룩해옵니다.

그 때입니다. 밤나무 가지 위에 검은 물체가 멈칫 이쪽을 봅니다.

“아저씨, 저기 새카만 다람쥐가 우리를 내려다보고 있어요.”
“어디?”

"밤나무 가지 끝 안보여요?"
"그건 다람쥐가 아니고 청설모야."
"청설모예요. 예쁘기도 해라, 눈이 반짝반짝
빛나요."

청설모

　날씬한 몸매, 탐스런 꼬리, 새까만 털, 반
짝거리는 눈망울이 틀림없는 청설모입니다.
이 녀석은 탱탱하고 잘 생긴 밤톨만 골라 대
충 씹어선 뱉어버리는 통에 얄밉기 그지없습
니다. 또 때로는 빈 밤송이를 흔들어 털며 할금할금 사람의 약을 올려
놓기도 합니다. 밤나무 잎 사이로 되비치는 가을 햇살을 받아 까맣게
반들거리는 꼬리털을 치켜세우고 영검스리 아래를 내려다보며,

　"아저씨, 다 주워 가면 안 돼요." 나무 사이를 무춤무춤 넘어 가뭇
없이 사라집니다.

　그러나 다람쥐는 청설모완 달리 사람 곁으로 가까이 다가섭니다.
"다람쥐야, 안녕."
"네, 아저씨도 안녕하세요."
"많이 주웠나 보구나."
"네, 겨울이 오기 전에 땅 속에 묻고 대문을 닫아 갈무릴 해야지
요."

"넌, 조만한 것만 줍니?"
"네, 큰 건 아저씨 갖으세요. 추석 선물로….”
"맘씨도 고와라.”
"혼자만 잘살면 무슨 재미가 나나요, 조금씩 나눠 가져야지요.”
"아저씨, 매끈하고 잘 생긴 몇 개는 남겨놓으셔요.”
"?….”
"땅 속에 묻어놔야 내년 봄에 새싹을 틔워내지요.”
다람쥐가 사람을 가르칩니다.
그랬다. 혼자만 잘 살면 뭐가 재미있으랴. 조금씩 나눠 먹어야 세상 살맛이 나지.

둘이서 밤 자루를 메고 휘파람을 불며 긴 논두렁을 빠져나오다가,

"아저씨, 밤은 왜 세 톨씩 들어있죠?"
"밤들도 다 생각이 있단다.”
"……?”
"한 톨은 외로우니까.”
"한 톨도 있어요.”
"회오리밤이라고 해.”
"외롭겠다.”

“독신자 라고나 할까?”

“가을 약속 잊은 건 아니겠지?”

갑자기 복실이의 까만 눈이 청설모를 닮아 반짝거립니다. 달리기를 잘못하면 어쩌나하고 고개를 갸우뚱 해봅니다.

“얼마 전 우리 이모 결혼식 때도 밤들 치마에 뿌려 줬어요.”

“변함없는 사랑을 하라고. 밤은 싹이 나도 썩지 않으니까, 일편단심 이라는 뜻이란다.”

“일편단심?”

“영원히 변치 않는 마음.”

복실이와 난, 해가 어둑해 올 때까지 봉당마루에 앉아 벌레 먹은 토종밤을 까먹으며 새로운 다짐을 합니다. 올가을 운동회엔 달리기가 힘들어도 넘어지지 말자고… 넘어져도 얼른 일어나 다시 뛰자고….

도리깨질

가을이 깊어가고 있습니다. 눈이 시리도록 파란 하늘, 청색 물감을 풀어놓은 듯합니다.

가을걷이가 한창입니다. 늙은 아버지와 첫 휴가 나온 막내아들이 오랜만에 마주보고 도리깨질을 하며 늦가을 적막을 짓이겨 놓습니다. 비썩 말라버린 들깨 몸뚱이를 모지락스레 두들겨대며 부자간 어깨를 저울질하고 있습니다. 둔탁한 도리깨 바닥이 공중으로 삼백 육십도 돌아 내리칠 때마다 들깨 알들이 자지러지게 몸서리를 쳐댑니다. 쏴르르 쏟아지는 들깨 알들, 영락없는 모기 눈알을 닮았습니다.

아버지와 아들은 서로 다른 생각을 하며 흐르는 세월의 무게를 확인합니다. 아버지의 숨소리가 높아질 무렵,

"이제 그만 쉬시죠?"

"그래야겠다."

"농산물 값이 형편없죠?"

"말이 아니다."

"농사일이 힘드시죠."
"깨가 잘 여물었다."

 여기 또 다른 생각을 하며, 빛바랜 갓 바 쪼가리에 군납 박스를 깔고 앉아 있는 늙은 어머니. 남편과 아들을 번갈아 보며 도리깨 떨어지는 소리를 가늠해 봅니다. 찰싹-철썩, 찰삭-철썩, 차알서억-철썩. 세월은 속일 수 없나 봅니다. 높은 숨소리와 함께 도리깨 돌기의 간격이 점점 더 벌어집니다.

 어머닌, 바서지고 헤어진 들깨 단들을 걷어내다 쏟아진 깨알들에서 자기의 분신이 누워 있음을 봅니다. 아이들은 도리깨질과 경운기 소리가 지겹다 하나둘 흩어져 집을 떠나고 늙고 쇠약해진 남편은 갓 바 모퉁이에 쪼그리고 앉아 마지막 남은 담배 한 개비를 피워 물고 애꿎게 빨아댑니다. 성긴 이틀 사이로 담배 연기가 매가리 없이 새어 나오고 있습니다. 뼈만 남아 허물어진 볼 따뒤가 오늘따라 더욱 호물거립니다. 석양처럼 빗겨간 세월의 덧 개가 어느덧 들깨 빈껍데기를 닮아가고 있었던 것입니다.

 눈물 한 방울 핑 돌아 깨알 속으로 툭 떨어집니다. 산다는 것은, 조용히 눈물을 떨구며 푸른 언덕을 물들여 가는 한 잎 단풍인 것을… 저 아들은 알고 있을까.

깨 터는 정경을 한참이나 구경하다가 나도 어서 깨를 털어 갈무리를 해야 되겠다 깨 타작을 시작합니다. 도리깨질이 서툰 나는 고무 대야를 엎어놓고 깨 단을 눕혀 탕탕 두들겨 봅니다. 깨알들이 시원스레 쏴르르 쏟아집니다. 알갱이들이 달달 떨며 굴러갈 때마다 내 안에도 아직 쏟아질 무엇이 남아 있을까하고 부질없는 생각을 해 봅니다.

"요즘, 깨가 쏟아지지요."
참, 듣기 좋았던 말입니다. 하지만, 어느덧 찰찰 흐르던 기름기는 다 빠져나가고 허허한 가을을 맞이하고 있습니다.

신혼살림에 깨가 쏟아지는 줄도 모르고 허둥거리며 바쁜 서울 생활을 하고 있을 큰 아이에게 들기름이나 한 병 짜 보내 줘야할까 봅니다.

아, 붉게 타오르는 단풍잎 사이로 새털구름 하나 조을듯 긴 하품을 하며 응달 말 고개를 넘어가고 있습니다.

나눗셈하는 콩밭

종자를 고르려고 소반에다 콩알들을 한 줄로 세워놓았다. 통통한 몸매와 윤기가 대글대글 흘러야 좋은 씨알이 된다. 그 동안 세 알씩 심었지만 올해는 다섯 알이다. 하늘에 한 알, 땅에 한 알, 새들에게 두 알, 내 몫은 하나다. 콩 심은 데 콩 나도록 정성을 다해 다독여준다. 큰 욕심 없으니 한 알만 되돌려 달라 해본다.

반미(飯米) 녹두 쥐 눈이 콩을 즐겨 심는다. 이들은 가장 민중적이면서 토종 냄새를 풍기고 있기 때문이다. 반미 콩은 콩 중의 콩으로 비타민 덩어리다. 약 콩이라 하여 예부터 귀한 대접을 받아왔다. 겉은 검고 속은 새파란 연두색이다. 겉과 속은 달라도 자신을 파랗게 나누어내는 콩심이 좋아 해마다 씨를 묻는다.

가뭄이 심하다. 아무리 기다려봐야 얼굴을 내밀지 않는다. 물기가 없으니 눈을 뜰 수 없는 것이다. 땅속을 헤집어 보았다. 알갱이들마다 눈을 감고 묵상 중이다. 졸아드는 마음을 달래가며 긴 침묵 속에 때를 기다리고 있다. 짜증을 내거나 안달한다 해결될 문제가 아님을 알고 있기 때문이다. 장마 끝은 없어도 가뭄 뒤끝은 있다는데 기다리다 보면 언젠 간 싹틀 날이 올 것이었다.

오랜 한발(旱魃) 끝에 비가 내린다. 대지가 꿈틀 춤을 춘다. 콩들이 흙 속을 비집고 머리를 내민다. 연두 빛 고운 얼굴엔 웃음이 가득하다. 귀여워도 너무 귀엽다. 밭이랑마다 샛노란 음표를 머리에 이고 두 손을 팔랑거리며 줄줄이 솟아 나온다. 저리 앙증맞고 귀여운 모습이니 새들이 그냥 놔둘 리 없다.

비둘기 떼들이 밭에 내려 속을 태우기 시작한다. 밭이랑을 한 줄씩 꿰차고 앉아 있다.

비둘기

얄밉도록 요모조모 뜯어보기도 하고 갸웃갸웃 두리번거리며 두 눈에 빨간 불을 켜들고 어린 싹들의 순수를 밟아 놓는다. 두 알만 먹으라 했건만 다섯 알도 모자라 구멍을 후벼 파 목을 댕강 잘라 놓는다. 머리가 달아난 목덜미를 보고 있노라니 속이 부글거린다. 가뭄 고생으로 타는 마음을 졸이며 얼마나 기다려온 만남인데 해도 너무 하다는 생각이 든다. 한 알만 달라고 '훠어이 훠이' 새들을 달래본다. 구구구 청승떠는걸 보면 알아듣긴 한 모양이다.

여름이 깊어 가면 콩잎이 웃자라 섶이 무성해진다. 섶이 우거지면 비바람을 견디지 못하고 쓰러지거나 열매가 달리지 않는다. 순을 나누어 쳐 줘야한다. 새순을 치려면 아까운 마음에 그만 머뭇거리게 된다. 그러나 나눌 것은 나눠야 한다. 나눠야 세포도 숨을 쉬고 생명체도 성장을 한다. 나누어야 콩도 살고 땅도 노래를 부른다. 아깝다 길러봐야 콩 노릇을 못한다. 가지를 자를 땐 기도하는 마음이라야 한다. 크지도 작지도 않게, 강한 듯 약하게, 알 듯 모르게, 가녀린 마음이 상처를 입지 않도록. 그렇다고 싹둑 잘라 버리면 콩 노릇도 못하고 생명만 잃게 되므로 세심한 마음가짐이 필요하다.

싹이 자라나 콩 노긋이 보라색으로 일기 시작하면 또 반가운 손님이 기다리고 있다. 토끼 노루 오소리들이다. 시도 때도 없이 내려와 콩밭에 잔치를 벌이곤 한다. 그저 처분만 기다릴 뿐이다. 날 것 먹고 설사나 하지 않을까 걱정이 앞설 뿐이다.

짐승들이 뜯어먹어도 사람 먹을 만큼은 남겨놓는다. 다만 힘들게 키워낸 것들을 밟아 놓는 순간을 참아내기 힘들뿐이다.

풋풋한 콩꼬투리들이 노릇노릇 물들고 뽀얗게 살이 오르면 가을 하늘도 높아간다. 잎을 나눠 낸 꼬투리마다 기저귀를 벗겨놓은 어린 아기의 잠지처럼 조랑조랑 매달려 있다. 통통한 모습을 보고 있으면 기분이 저절로 흐뭇해진다. 생 콩 두어 꼬기 꺾어 흰 달빛을 쏘이며 툇마루에 앉아 껍질을 깠다. 햅쌀밥에 앉혀놓으니 윤기가 배어나 혓바닥이 행복해온다. 가을은 햇것들로 입맛이 돌고 뱃살에 살이 오른다.

첫서리가 내리려는지 하늘이 높아간다. 싹을 뽑아 콩 동을 만들어 가리개를 세워 놓았다. 늦가을 따가운 햇살에 꼬투리가 딱딱 벌어져 콩알들이 호드득 터져 나온다. 그리곤 달달거리며 멋대로 굴러간다.

굴러가면 죽는다 해도 비둘기 다람쥐 청설모들에게 콩을 나눠 줘야한
다며 고집을 버리지 않는다.

　가을은 껍질을 벗고 산 것들을 조건 없이 먹여 살려야 한다고 콩…
콩… 걸음을 재촉한다. 그저 자신을 나눠 내는 콩심이 대견스럽고 기
특할 뿐이다.

　자기 몸을 확실하게 나누어 내는 콩이 또 있다. 쥐 눈이 콩이다. 몸
뚱인 쥐 눈을 닮아 보 잘 것 없고 작지만 눈에선 또록또록 빛이 난다.
새까만 눈알을 반짝이며 겨우내 콩나물을 길러내고 빈 껍질로 남는
다.

　화끈한 콩도 있다. 녹두이다. 녹두는 꽈배기처럼 깍지가 벌어 사방
으로 흩어져 자신을 나눠 냄으로 생명들을 길러낸다. 팍! 하고 터지는
순간이 전봉준이 일어나는 소리이다. 우리와 가장 가까운 민중적인
콩이다. 그래서 그런지 녹두는 아무데나 심어도 잘 자란다. 해마다 논
밭두렁 여기저기 심어 둬 서너 말씩 수확을 한다. 올해도 소출이 꽤
쏠쏠했다. 녹두 부침은 색도 일품이려니와 맛 또한 담백해 막걸리 뒤
사발은 단숨에 동이 난다. 청포묵은 옥양목처럼 맑고 단순한 맛이 난
다. 올 해들어 몇 번이나 녹두부침개도 부치고 청포묵도 쑤어내 나눠
먹곤 했다.

　갓 바 쪽을 깔고 도리깨 돌려 콩을 털다 보니 어느덧 가을이 깊다.
튀어 달아난 것들은 짐승들 몫으로 남겨 두고, 나머지 알 콩들을 키로
까불어 오지 항아리에 담아 놓는다. 항아리도 콩을 닮아 배가 불룩하

다. 나의 뱃속도 덩달아 부풀어 오른다. 콩을 갈무리하면 올 콩 농사
도 끝이다. 항아리가 두 개다. 하나는 내 몫이고 하나는 숲 속에 사는
이웃집 식구들 것이다. 곧 겨울이 닥쳐올 것이다. 올 겨울은 눈이 많
겠다는 예보이다. 눈 쌓이면 곤줄박이 박새와 콩새, 토끼 청설모 다람
쥐들과 콩을 나눠먹으며 겨울을 보낼 참이다.

섶이 웃자라 우거지면 콩이 제대로 여물지 않아 콩 노릇을 못한다.
나도 이제부터 헛되이 자라나는 마음의 순을 치며 나눗셈을 다시 배
우려 한다. 그리고 시간이 허하면 조금씩 나누어 갖는 평행적 감각을
되찾으며, 깊어 가는 가을을 음미해 봐야겠다.
연두색 파란 마음을 물들이며 가을 하늘이 점점 높아가고 있다.

"야옹아, 이리 가까이 오렴"

해 어스름
어린 짐승 한 마리
산골짝 외딴집을 찾아 들어왔다.
순 갈색의 어린 고양이다.
시내에서 기르던 집고양인가 보다.

산 속에 내다 버린 사연이야 알 수 없지만,
어느 인간이 어린 것을 데리고 와 팽개치고 산
을 빠져나갔나 보다.
들고양이로 살라며 떼어놓고 갔으련만
어린 짐승은 야생이기를 포기하고
살 냄새 나는 앞마당을 기웃거리는 것이었다.

얼마나 발버둥치고

산 속을 헤맸으면
눈은 퀭
털은 부스스,
너구리에 물려 뜯겼는지
앙상한 뼈마디에
몰골이 꾀지지 말씀이 아니다.

짐승을 버리고 도망을 간 인간들이 더러 있기에
우리들은 '짐승만도 못하다는' 소릴 자주 듣는다.

사랑도
정도
의리도

마침내는
어미아비도
자식도
헌신짝처럼 팽개치고 돌아서는 인간들이 가끔 있어
옛날부터 짐승만도 못하다는 말이 전해 왔나 보다.

내 품속에 안겨온 짐승
집을 찾아 들면 '업둥이' 라 하지 않았던가.

더운물로 목욕, 토닥토닥, 목덜미와 귓불에 손이 스칠라치면
'가르릉' 거리며 무아경에 빠진다.

어린 고양이와
꽤 많은 시간이 흐르고 있다.
어느새 살이 통통 오르고
살가운 교감이 가슴을 녹아 내린다.
깔끔한가 하면 매몰차고 애교스럽다.

고양이는 영물(靈物) 속성을 갖고 있다.
땅을 파 똥을 누고 묻는 습성과
나무 위 산새를 잡아낼 때다.
갈색 눈을 마주하고 전자파를 발사하면
새들이 옴쭉 달싹 못하고
거짓말처럼 떨어져 내린다.

'야옹아, 이리 가까이 와 봐.'
덥석 안겨오다 발라당 누워 네발을 바동거린다.
사타구니를 파고들어 뜸베질이라도 할 때면 민망할 정도다.
그러다가 이따금 담장과 지붕 위에 올라
고독한 눈빛과 마주치기라도 하는 날엔
가슴 저릿한 전율을 느끼곤 한다.

사랑이 그리운 계절
붉게 타오르는 단풍
송송한 갈색 털
할딱이는 어린 짐승의 숨소리
홀로서기를 마다하고 애 저녁에 내 품속
을 찾아 든 깜냥만큼이나
이 가을이 따사롭다.

오늘 밤엔,
한 해 동안 무디어진 눈과 귀를 풍경소리에 담아
깨끗이 털어 버리고, 영혼의 울림을 되새김질하며
새해를 맞이할 준비를 해야 할끼- 봅니다.

나목(裸木)

나무들이 알몸으로 서 있습니다. 된서리가 내리기 시작하면 나무들은 약속이나 한 듯 옷을 벗기 시작합니다. 실오라기 하나 걸치지 않고 털어버립니다. 생김대로 벗어버리기 때문에 수줍음 따위는 어디에도 찾아볼 수 없습니다. 여름내 산속을 휘어잡으며 꿈쩍도 안 할 것 같던 푸른 꿈을 잠재우고 우뚝 서 있는 당당함에 주눅이 들곤 합니다. 구질구질한 삶의 생채기는 물론, 얼음 꽃 한 방울, 눈꽃 한 송이마저 튕겨버리는 외고집 앞에, 추운 날씨로 감성의 밑바닥까지 달달하다가도 팽팽한 긴장감이 감돕니다.

옷을 벗는 나무들이 우러러 보입니다. 실핏줄까지 드러내는 겨울나무의 속살, 지금까지 살아온 자국들을 떨어내고 알몸으로 짐승처럼 겨울잠을 자며 세상 이야기를 들려줍니다. 가만히 귀기우리면 옛날이야기 담지 않은 나무는 없습니다.

나무들 옷 벗는 모습은 아무리 보

아도 성스럽고 황홀합니다. 그 중에도 낙엽송과 은행나무가 가장 멋지게 옷을 벗습니다. 늦가을 낙엽송은 팔 부 능선부터 노랗게 타내려오다 서리가 내리면 더욱 그 빛을 발합니다. 아침 햇살이면 하얀 물이 들어 더욱 노랗고 저녁이면 황금빛 바다가 됩니다. 시원스레 잎을 훌훌 털어버리기에 '이깔나무' 라 부릅니다. 가을이 깊어갈수록 낙엽송 잎은 바늘처럼 뾰족하고 며느리발톱을 닮아 노란별처럼 반짝이다가 어느 날 갑자기 무너져 온 산을 노랗게 물들여놓습니다. 화려했던 녹색 축제의 폐막식과 더불어 황금만장(輓章)을 펄럭이며 무대를 떠나는 처절함에 신열이 날 정도입니다.

겨울이 깊어가도 나목들은 외롭지 않습니다. 나무들이 만들어내는 당당함에 세상 모든 것들이 찾아와 겨울을 함께합니다. 바람과 눈과 새와 별, 해와 달들이 겨울 동무되어 놀러옵니다. 아무리 추워도 누구를 탓하지도, 자리를 옮기지도 않고 꿋꿋이 자리를 지키며 안으로 내공을 쌓아갑니다.

나무는 신비롭습니다. 겨울나무들이 더욱 그렇습니다. 춥다고 수선을 떨지 않고 옷을 벗고도 덜덜대는 법이 없습니다. 겨우내 눈을 감고 침묵과 명상을 할 뿐입니다. 동쪽 햇볕이 따스하다고 북쪽 가지로 자리를 옮길 생각이 없고 옆가지가 싫어 윗가지를 넘보는 시샘도 없습니다. 태어날 때처럼 겉치레를 벗고 알돈으로 봄을 기다리고 있을 뿐입니다. 잉태한 산모가 수선을 떨 수 없듯, 찬바람 소릴 들으며 긴긴 침묵과 인내로 차가운 겨울을 녹여냅니다. 날씨가 가라앉을수록 나목들은 한층 더 늠름해 보입니다. 특히 일몰 무렵 지는 해를 받아 가지들이 모색(暮色)으로 물들면 머릿속 피까지 저녁 빛으로 말갛게 물이 듭니다. 주름투성이의 얼굴과 상처자국으로 벌집이 된 몸뚱이로도 겨울나무는 조용합니다. 그러나 겉으로 잠잠할 뿐이지 잃어버린 빛깔과 소리와 시간을 되찾아 긴 여행을 떠나갑니다. 해도해도 끝이 없는 이야기와 빛의 샘, 겨울나무들이 부르는 뜨거운 노랫소리는 차라리 지난한 몸짓입니다.

겨울이 깊어갑니다. 가끔씩 지리산 천왕봉 고사목처럼 벗어버리고 싶을 때가 있습니다. 무엇을 버리고 털어버릴까. 시골로 들어올 때 꽤 버리고 왔건만 돌아보니 많이도 갖고 있습니다. 농업용 1톤짜리 트럭 한 대, 저녁 뉴스 한번만 보는 텔레비전, 오디오, 컴퓨터, 디지털카메라, 수백 권의 책, 난분, 마이너스 통장, 없으면 어딘가 허전한 핸드폰과 현금카드…. 버리자니 아깝고 간수하자니 나목들 보기가 부끄럽습니다. 버리는 계획을 세워봅니다. 하루에 한 가지씩 버릴까, 일주일 두 가지, 아니면 한 달에 다섯 개면 어떨까. 우선 오늘 몇 가지 벗어버리는 연습을 해봅니다. 텔레비전과 오디오는 고물장수에게, 책은 저 아래 초등학교 도서관에, 난분은 집을 찾아오는 사람들에게 안겨주고 나니 이리 홀가분할 수가 없습니다.

탱탱한 나목 가지 우듬지를 휘몰아치는 골바람 소리에 잠이 오질 않습니다. 마침 새벽 창가에 동지섣달 열나흘달이 창살을 환하게 비추고 있습니다. 달빛 구경을 하려고 봉당을 나서니 매서운 겨울바람이 귓바퀴를 윙윙 돌아나갑니다. 오막살이를 에워싸고 있는 나목들 가지 사이로 시린 달빛이 가득하게 쏟아져 내리고 있습니다.

산골 마을에 메주가 익어간다

산골 마을에 메주 쑤기가 한창이다. 메주를 쑤려면 콩부터 골라내야한다. 콩을 잘 고르려면 흰콩들을 소쿠리에다 한 줄로 세워놓고 눈에 불을 밝혀야한다. 벌레 먹은 것, 썩은 것, 반쪽자리, 쭈그러진 것, 작은 돌 부스러기들을 고르다 보면 겨울해가 짧기만 하다.

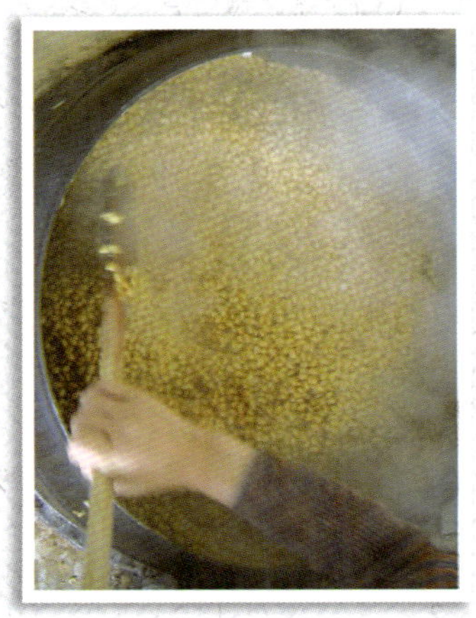

콩 삶기

부녀회원들이 회관 가득 모여 콩을 고르는 모습이 사뭇 진지하다. 여인들이 모이면 입방아가 돌아갈 법도 하건만 이따금 콩 굴러가는 소리만 콩콩거릴 뿐이다.

"아줌마, 지루한데 텔레비전이나 보며 고르면 안 될까요?"

"무슨 소리여, 예부터 말 많은 집에 장맛은 쓰다 했어, 메주 쑤는 동안은 말을 삼가야 혀.” 이제야 조용한 이유를 알 것만 같다.

콩을 씻어 물을 뺀 다음 무쇠 가마솥에 안치고 두 배정도의 물을 부어 열을 올리기 시작, 이제나저제나 콩 삶아지기를 기다린다. 그 때마다 가마솥 뚜껑사이로 새어나온 삶은 콩 냄새로 콧속이 구수해온다.

메주콩을 쑤는 작업은 아무나 하는 일이 아니다. 평생 동안 콩을 쑤어왔다는 부녀회장님 몫이다. 콩을 푹 삶아내는 데 많은 시간이 걸린다. 한 소금 부르르 끓으면 뭉근할 정도로 불길을 조절하며 뜸을 들이고 또 들인다. 콩이 잘 무르도록 위아래로 여러 번을 저어 댄다. 들기름 찌꺼기를 조금씩 붜 줘야 콩에서 비린내가 나지 않고 물이 끓어 넘치지 않는단다. 참, 신통한 사실에 감탄하며 ‘사람은 죽을 때까지 배워도 끝이 없다’ 는 생각을 한다.

물기와 불기 조절하랴, 콩 저으랴, 가마솥 뚜껑을 여닫으랴 잔손이 많이도 간다. 불살라 넣은 지 몇 시간이 꽤 지나서야 뜸이 들어온다. 콩을 손으로 비벼보고는 잘 뭉그러진다며 불을 끄란다. 가마솥 뚜껑을 여는 순간, 구수한 콤 냄새가 배어나 코를 찌르고, 솟아오르는 콩 김으로 얼굴에 김이 서린다. 그때마다 천정에 매달려 있는 거미줄들도 덩달아 너슬 거린다.

소쿠리에 건져 물기를 뺀 다음 삶은 콩을 찧기 시작한다. 옛날엔 절구에다 찧어냈지만 지금은 자동 믹서기가 대신한다. 믹서기를 돌려가며 한두 번 뒤적거려 완전히 으깨어야 토종 메주가 된단다. 콩밥이 튀어 달아나지 않도록 조심하라며 부녀회장님의 잔소리를 귀가 닳도록 들어야 한다.

으깨진 콩 반죽을 메주 틀에 넣어 다독거려도 보고 이리 다듬고 저리 두드려 그럴듯한 메주를 찍어낸다. 달라붙지 않게 짚을 깔고 간격을 맞춰 방바닥에 나란하게 펼쳐 놓으니 보기만 해도 가슴이 부풀어 오른다. 하루저녁을 재워내면 꾸덕꾸덕해진다. 벼 짚으로 묶어 바람받이에 걸어 놓는다. 정성이 들어간 것일수록 귀엽고 소중한 법, 모두들 대견스러워 쓰다듬고 또 다독거려 본다.

콩은 '땅에서 나는 쇠고기' 라 하여 예부터 귀한 대접을 받아왔다. 메주에는 항암효과와 뇌졸 증, 치매예방, 해독제와 혈압에도 뛰어난 효험이 있다한다. 또 〈본초 강목〉에는 '콩을 많이 먹으면 안색이 좋아지며 머리카락이 검게 변한다.' 했으니, 하늘이 내려준 선물이 아닐 수 없다. 자신을 발효시켜 새롭게 태어나 아미노산과 단백질 덩어리로 변하는 메주, 힘들게 만들어낸 메주덩이에 건강한 에너지가 매달려 있다. 긴긴 겨울밤, 산골 마을 메주들이 깊은 숨을 몰아쉬며 노르스름하게 익어가고 있다.

오늘은 김장 담는 날

해마다 첫눈이 내린다는 소설(小雪-24절기 중 스무 번째)을 즈음하여 김장을 담습니다. 김치를 담그는 일은 시골 살림중 반농사입니다. 한겨울 많은 눈 내려 길이라도 끊기면 밤낮으로 김치만 먹어야합니다. 사람들이 웬 김치를 그리 많이 담그나하면 '겨울 먹이가 부실해서' 하고 웃어봅니다.

통배추를 갈라 쪽을 내다보니 손끝이 아리게 저려옵니다. 알가지 배추들이 풍겨내는 넉넉함과 샛노란 고갱이가 안겨주는 신선함 때문입니다. 속잎마다 겹겹이 들어와 박힌 순수, 갓 돋아난 어린 아이의 이빨을 보 듯 싱싱하고 풋풋합니다.

함지박에다 소금물을 풀어 덤벙덤벙 담가 건져내 배추들의 숨을 죽이고 절여냅니

다. 켜켜이 쌓아 왕소금 뿌려놓고 하룻밤을 기다립니다. 우리 이웃 아낙들은 김장도 품앗이를 합니다. 배추 씻는 소리, 무채 써는 도마질 소리, 마늘 생강 다지는 소리에다 여인들이 쏟아내는 질펀한 농담까지 사람 사는가 싶습니다.

생강, 고춧가루, 마늘, 파, 무채, 소금들이 몸을 섞어 김치 소가 만들어집니다. 거기에 시골냄새까지 함께 버무리면 소가 빨갛게 물들어갑니다. 소 사이로 삐죽이 얼굴을 내민 청 갓과 쪽파 내움에 침이 꼴깍 고여 옵니다. 소를 다져 속을 채우고 배추 잎을 똘똘 말아내는 아낙들의 손놀림과 피어나는 웃음소리에
동짓달 하루해가 짧기만 합니다.

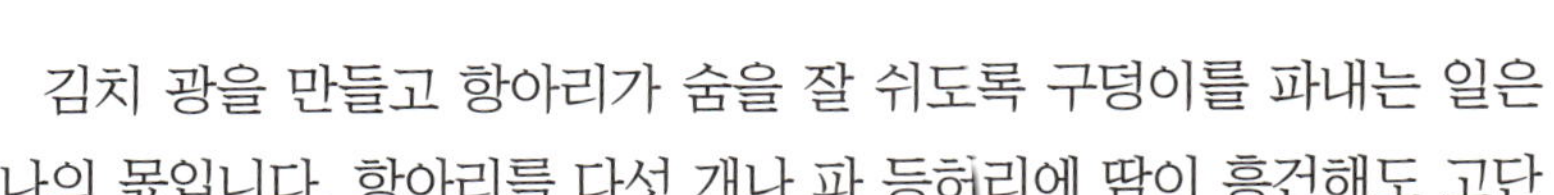

김치 거리들을 바라보니 나의
분신들이 다 모여 있습니다.
무, 배추, 고추, 마늘, 쪽파 등
여름내 땀 흘려 길러낸 것들
입니다. 참살이 채소들을 손
수 키워 먹을 수 있다는 사
실 하나만으로도 행복합니다.

김치 광을 만들고 항아리가 숨을 잘 쉬도록 구덩이를 파내는 일은 나의 몫입니다. 항아리를 다섯 개나 파 등허리에 땀이 흥건해도 고단

한 줄 모릅니다. 얼마 안 있으면 토종 항아리 속 김치들이 곰삭아 겨울을 달궈낼 것이기 때문입니다.

토종 오지 항아리

김장독을 땅 속 깊이 파묻고 사위를 둘러봅니다. 벌써 들판엔 허허한 바람 일어 스산하고 배추밭은 옷을 벗고 묵상중입니다.

추위가 몰아치면 자신을 겨울 속에 밀어 넣고 저만큼 떨어진 자리에서 오지 항아리처럼 고독한 순간들을 버텨내야 합니다. 한겨울 추위 속에 곰 삭이 질을 해야 제 맛이 드는 김치처럼….

고사떡

음력 시월상달엔 고사를 지냅니다. 상달은 '햇곡식을 신에게 바치기에 가장 좋은 달.' 이란 뜻입니다. 신은 떡을 좋아하나 봅니다. 한 해를 보내며 떡을 신에게 바치지 않으면 뭔가 뒤숭숭하고 궂은 일이 일어날 것만 같아 정성껏 빚어 집안의 안녕을 기원합니다.

고사떡의 대표는 시루떡입니다. 시루떡은 떡가루의 켜를 지어 시루에 안쳐 찐 떡을 말합니다. 시루떡은 메시루떡과 찰시루떡, 줄여 메떡과 찰떡이라고 합니다. 메떡은 끈기가 적은 멥쌀로, 찰떡은 차진 찹쌀로 만든 떡입니다. 멥쌀과 찹쌀을 섞어 만들면 메찰떡이 됩니다.

떡을 찌려고 시루를 솥에 얹을 때, 김이 새지 않게 솥 틈 사이에

시루떡

쌀무거리나 밀가루를 반죽해 바르는 것을 '시룻번' 이라 하는데, 배가 고팠던 어린 시절 그것을 떼어 먹는 맛이 그만이었습니다.

요샌 시골에서도 시루떡을 직접 만드는 집은 보기가 어렵습니다. 쌀, 팥고물, 콩, 호박을 준비해 방앗간에 연락하면 떡을 쪄 배달까지 해줍니다.

붉은 노을이 어둠에 쫓겨 달아나고, 땅거미가 어둑하게 저녁을 끌고 집안으로 기어들면 고사는 시작됩니다. 집안 고사는 여인들의 몫입니다. 시루떡과 정한 수를 마루 한 가운데 놓고 성주 신께 빌기를 시작합니다. '비나이다, 비나이다.' 집안의 무고와 풍년농사, 가족건강 등… 두 손에 땀이 고이도록 기도를 올립니다.

다음엔 떡을 접시에 담아 집안을 한 바퀴 돌며 여러 신에게 골고루 고사를 올립니다. 조상을 보호해 주는 조령 신, 부엌을 지키는 조왕신, 집터를 다스리는 터줏대감, 자손 건강을 돌보는 삼신, 대문에 문신, 우물에 용왕 신 등.

어릴 적 이제나저제나 고사가 끝나 떡 맛을 보나보다 싶으면 어머닌 떡 심부름을 다녀오라 시킵니다. 고삿 떡은 이웃과 나눠 먹어야한다며 '얘야, 냉큼 고사떡 도르고 오거라.' 등을 떠다밉니다. 심부름이 다 끝나 허기가 질 무렵이면 눈처럼 하얀 멥쌀 떡과, 시린 동치미 국물, 붉은 팥고물을 떼어 먹던 추억이 어제처럼 아슴푸레합니다.

며칠간 이웃집들이 나눠준 고사떡 먹는 재미가 여간 쏠쏠하지 않습니다. 접시 대신 비닐봉지에 쌓여온 시루떡은 대개 김이 모락모락 나고 따끈한 온기 그대로입니다. 따사로은 감촉이 하도 좋아 가슴에 안고 그 옛날 어머니의 훈기를 맡아내는 일 또한 행복한 순간입니다.

비닐봉지를 열면 대개 메떡 세편, 찰떡 두 편이 들어있습니다. 메떡을 들다 찰떡을 먹고 찰떡을 먹다 메떡을 떼어 먹습니다. 떡을 만든 정성과 사랑을 생각하면 떡고물하나 버리기가 아깝습니다.

대문 밖 강아지 짖는 소리가 요란합니다.
오늘 저녁에도 어느 이웃집에서 또 고사를 끝내고 떡 심부름을 왔나봅니다. 날씨는 춥지만 고사떡이 피어오르는 시월상달의 시골풍습이 따사롭기만 합니다.

동지(冬至)날, 어머니 앞에서 춤을…

12월 21은 **동짓날**이다. 그믐께 동지를 노동지라 한다. 올해는 노동지인 셈이다. 동지(冬至) 날 아침부터 흰 눈이 나풀거린다. 세상은 살기 힘들고 시끄러워도 동짓날 눈이 내리니 새해는 상서로운 일이 많이 생기려나 보다.

24절기 중 스물두 번째 절기가 동지(冬至)이다. 일 년 중 밤이 제일 길고 낮이 가장 짧은 날이다. 이 날은 태양이 부활하고, 생명력과 광명이 다시 솟아나는 날로 절기 중 가장 큰 명절이다. 동지를 지내야 한 살 더 먹는다하여 '작은 설' 이라고도 부른다.

붉은 팥

낮은 양(陽)이고 밤은 음(陰)이다. 이 날부터 낮은 길어지고 밤은 짧아진다. 낮이 길어진다는 것은 양기가 왕성해간다는 뜻이다. 양은 붉은색이다. 밝음과 따스함의 양기를 붉은색으로 맞이하자면 팥죽만큼 선명한 색깔이 없겠기에 해마다 팥죽을 쑤고 시루떡도 만들어 고사를 지낸다.

옛날 공공씨(共工氏)의 망나니가 죽어 외로이 하늘을 떠돌다 동지 날 땅으로 내려와 기둥에 달라붙으면 천연두가 여문다 했다. 이 망나니가 평상시에 붉은 색을 무서워해 동지 날이면 팥죽을 쑤어 대문이나 기둥에다 바르면 천연두가 사라진다고 믿었다. 새알심은 나이만큼 빚어 먹어야 귀신의 나쁜 기운이 서서히 빠져나간다 하고, 뱀 사[巳]자를 써서 기둥에 거꾸로 붙이면 악귀가 집안을 넘보지 못한다는 얘기도 있다.

옛날에 동지 날은 '어머니 날'이었다. 요즘엔 카네이션 몇 송이로 끝내 버리지만, 동지 날에는 딸과 며느리는 버선을 지어 바치고 아들들은 아무리 늙고 나이가 먹었어도 때때옷을 입고 노모를 즐겁게 하기 위에 춤을 추었다. '엄마, 나 예뻐.' 하고 재롱을 떨면 어느 어미가 웃음을 참았을까 싶다. 동짓날에 어머니를 깍듯이 대접한 것은 동지 날부터 해가 길어 수명이 길어지길 축원했던 것이다. 재롱을 떨지 않더라도 오늘 동지가 다하기 전에 어머니께 전화나 한통 해 볼일이다. 그래도 어머니가 살아 계시다는 건 행복한 일이니까.

오늘 아침 팥죽을 쑤어 대문에 뿌릴까하다 참았다. 마당에 눈 맞은 산수유와 사철열매가 저리도 붉은데 차마 악귀가 들어올까 해서이다.

새알심

비린내 나는 산귀신이 있다면 팥죽냄새만 맡아도 도망가지 않을까 싶어 먹는 것으로 대신한다.

팥죽을 먹지 않으면 다음해에 잔병이 많이 생기고 쉬이 늙는다는 민간신앙이 전해오고 있다. 잔병예방과 노화방지를 위해 그 옛날처럼 팥죽을 먹고 있는데 자꾸만 하얀 눈이 내린다. 삶은 팥은 포근, 새알심은 매끌 잘도 넘어간다. 새알심은 나이만큼 먹어야 귀신이 붙지 않는다기에 나이를 채우자니 배가 터질 것만 같다.

동지가 지나면 해가 노루꼬리만큼씩 늘어난다. 실학자 이익(李瀷)은 '길어지는 해 그림자를 밟고 살면 수명이 길어진다.' 했다. 내일부터 해맑은 겨울 햇살을 밟으며 새해를 무사히 보낼 수 있도록 무병장수나 빌어볼 참이다.

행복을 "뻥" 튀겨드립니다

설날이 가까이 왔나 봅니다. 아침부터 옛날의 듣던 추억의 소리가 들려옵니다.

"뻥이요, 뻥 튀겨요, 뻥튀기 아저씨가 왔습니다."

뻥튀기 아저씨는 설밑이 되면 풍물장을 떠나 산골 동네를 돌며 쌀, 강냉이, 콩, 누룽지들을 튀겨내며 아줌마들을 즐겁게 해줍니다. 쌀 두 되박을 깡통에 담아 뻥 소리 나는 행 길 가를 찾아가 보니 벌써 동네 아줌마들이 옹기종기 모여 닿아 차례를 기다리고 있습니다.

튀기순서대로 늘어놓은 깡통행렬들은 찡한 추억으로 가슴을 쓸어내립니다. 풍

뻥튀기

구로 무쇠 풍로를 달궈내는 모습도 옛날 그대로입니다. 풍로가 연신 뒤룩뒤룩 빙빙 돌다 뜨겁게 더워오면, 쇠꼬챙이로 주둥이를 돌려 빼는 순간 뻥 소리와 함께 뽀얀 김이 솟아오릅니다. 별안간 하얀 티밥들이 그물 통발 속으로 솨르르 빨려 들어갑니다. 티밥에서 풍겨나는 구수한 냄새에 코를 킁킁, 한 옴큼 입에 털어 넣어봅니다. 옛날의 먹던 그 맛은 아니지만 입 안 가득 후루루 녹아내립니다.

티밥

어린 시절, 통발 밖으로 튀겨 나온 티밥을 주우려고 머리를 들이대며 쏜살같이 달려들던 친구들의 모습이 티밥 속으로 내려앉습니다. 그러나 오늘은 티밥을 주우려는 조무래기들은 없습니다. 뻥 소리에 놀란 사슴들만이 눈을 뒤룩거리며 날뛰고 있습니다.

오늘 다시 듣는 '뻥이요' 소리는 유별납니다. 잊어버린 유년시절 고향냄새를 다시 되돌아볼 수 있어서입니다. 지금은 맘만 먹으면 언제 어디서나 사먹을 수 있는 티밥이지만, 가난에 쪼들려 티밥을 주워 먹던 옛날의 그 맛이 아닙니다. 옛날엔 티밥을 주워 먹는 일은 재미있는 놀이이자 한 톨의 밥알이었기 때문입니다.

뻥 한 방 튀겨내는 데 걸리는 시간은 십오 분 정도, 동안 뻥튀기 아저씨는 뻥튀기를 빙빙 돌려가며 아줌마들과 농담을 주고받으며 싱글 벙글합니다.

 "아저씨, 행복해 보이십니다."
 "그렇구먼요, 작은 낱알들을 크게 브풀려 그득해 올 때마다 마음이 넉넉해 옵지요."

 "뻥튀기란 말이 요즘 유행이던데요.'
 "뻥 조심해야지요, 세상이 하수상하다 보니 모두 뻥튀기한탕에 눈들이 멀어 있어요, 순간에 많은 것을 바라면 뻥 나는 법, 조금씩 행복을 튀겨 불려가야지요."

 쌀 두 깡통을 튀겨 논배미를 건너오는데 고신냄새를 감지한 토종닭과 까치들이 야단입니다. 우리 장손이 울며 보챌 적마다 티밥은 아가 울음을 그치게 하는 요술방망이 역할을 합니다. 올 겨울엔 새들과 티밥을 조금씩 나눠먹으며 나의 행복지수를 튀겨내는 연습을 다시 하렵니다.

장작을 패며

　화악산 꼭대기에서 칼바람이 내리치고 연못이 얼어붙느라 쩌렁쩌렁 울어대면 영하로 곤두박질을 치며 한겨울이 시작됩니다. 추운 가슴을 데우려면 보일러를 틀어야하는 데 등유 값이 만만치 않습니다. 점화버튼에 손가락이 닿을 때마다 가슴이 덜덜 떨려오고, 보일러가 돌기 시작하면 돈 타는 냄새로 신경이 곤두서곤 합니다.

기름 타는 냄새에 애를 태우다 황토온돌방을 만들고 군불을 때기 시작합니다. 군불을 때려면 매일처럼 땔나무를 해야 합니다. 통나무를 실어다 마당가득 부려놓고, 나무들을 잘라 토막을 쳐놓습니다. 작은 나무들은 카터기로, 통나무들은 기계톱으로 붕붕 날려댑니다. 기계들을 사용하려면 아주 조심스럽습니다. 한눈이라도 팔다보면 톱이 살아서 날뛰기 때문입니다. 나무를 자르다 힘이 들면 나무속 구경을 합니다. 밤나무는 몇 살이나 되었는지 밤벌레들이 모여 구멍이 뻥 뚫리도록 훤하게 파먹었습니다. 속을 파 먹이며 벌레들을 살려내느라 고통이 컸으련만, 수십 년 동안 끄떡없이 밤꽃을 피우고 알밤을 키워낸 정성이 기특하기만 합니다.

나무토막들이 탱탱하게 얼어붙어 달달한 떨림을 보일 때 장작 패기로는 그만입니다. 도끼날에 힘을 불어넣고 자루를 단단히 잡아 날을 고추 세운 다음, 통나무와 한판 기(氣) 싸움을 시작합니다. 온정신을 몰아 한 번, 두 번, 세 번…. 내리치면 꿈쩍도 않을 것 같던 통나무들도 나 몰라라 쫙 갈라집니다. 항복이나 하듯 양쪽으로 손을 벌리며 하얀 속살을 드러냅니다. 숨을 몰아쉬며 맑은 햇살 아래 누워 있는 나목(裸木)들을 바라보노라면, 어떤 승리감 같은 것이 솟아 건강하게 살아있음을 확인해줍니다.

장작을 패다보면 나무들마다 성질이 다름을 느끼게 됩니다. 밤나무, 참나무, 오리나무, 자작나무들은 시원하게 잘도 갈라집니다. 그러나 잣나무는 그 성깔머리가 여간 끈적한 게 아닙니다. 아무리 두들겨봐야 도끼발이 탕탕 튀며 먹혀들지 않고 쉽게 속내를 보여주지 않습니다. 이런 땐 보라(도끼 쐐기)를 박아놓고 견노(쇠망치)로 사정없이 내려

칩니다. 보라와 견노 앞에 견뎌낼 통나무는 없습니다. 신기하게도 쫙 쫙 벌어져 벌떡 나자빠집니다.

붉은 노을이 어둠에 쫓겨 달아나고, 땅거미가 어스레 저녁을 끌고 집안으로 기어들면 불 때기는 시작됩니다. 관솔을 잘게 쪼개 불쏘시개를 만든 다음, 아장구(마른 나뭇가지를 뜻하는 강원도 사투리)에 성냥을 그어대면 푸석한 검은 그을음이 꼬리를 흔들며 불꽃이 일기 시작합니다.

아궁이 밖으로 새어나온 연기와 그을음들이 뿜어내는 낸내들로 눈물이 찔끔 나오고 코가 시큰거립니다. 그러면 불 때기를 멈추고 굴뚝을 올려다봅니다. 빵빵하게 솟아오르는 희뿌연 연기를 따라 하늘을 보고 있노라면, 답답하게 막혔던 가슴이 탁 터지며 목청껏 소리라도 질러보고 싶고, 찡하게 울고 싶도록 눈이 저려옵니다. 오늘 따라 긴 목을 빼고 있는 굴뚝 키가 한층 커 보이고, 하루가 다르게 변해 가는 동네 뒷골목을 지켜보고 있는 모습이 서늘하기만 합니다.

방바닥이 서서히 더워오기 시작합니다. 미적지근하던 초저녁 온기가 열을 더해 구들장이 절절하며 긴 겨울 밤을 달궈내고 있습니다. 세차게 몰아치는 칼바람 소릴 들으며 아랫목에 이불을 깔고 몸을 누입니다. 찌뿌듯한 팔다리, 시리고 허전한 무릎 관절, 허리의 통증 같은 것들이 눈 녹듯 사라지고 뼈 속까지 시원해옵니다.

아랫목의 따스함은 물론, 그 속에서 살결을 비벼대며 서로의 체온을 확인하고, 애틋하게 저려오던 추억의 정마저 사라진지 오랜 삭막한 현실 앞에, 침대나 보일러에서 느껴보지 못한 옛날의 따스함과 평온함에 세상 부러울 것 없다는 생각을 해봅니다. 등 따습고 배부르니 가진 것 없어도 예서 또 무엇을 바랄 것인가.

이제부터 아무리 세찬 바람이 불어와도, 기름 값이 하늘 높은 줄 모르고 치솟아도, 올 겨울도 거뜬히 이겨낼 수 있을 것 같은 자신감이 솟아오릅니다. 통나무를 패 장작을 마련하는 작업은 긴 겨울나기의 준비일 뿐 아니라, 내 삶의 대한 실천의지이기도 합니다. 오늘 주어진 소중한 시간을 위하여 뻑적지근하게 살다 미련 없이 세상을 떠나려고 마음을 다잡아 봅니다. 오늘도 믿는 도끼에 발등이 찍히지 않도록 조심하며 나무를 퍽퍽 두들겨 패다보니 가슴 가득 흥건하게 땀 냄새가 배어나옵니다. 오늘밤은 토종 잠이 저절로 올 것만 같습니다.

나무 아홉 짐

정월 대보름이 가까워오면 옛날 얘기 듣습니다. 내 아버님은 해마다 정월 열 나흘날엔 밥상머리에서 작은설 얘길 들려주곤 하였습니다. 열 나흘날은 오곡밥을 아홉 그릇 먹고(옆집 부엌 솥단지 속에 숨겨놓은 밥을 훔쳐 먹으면 더 좋고), 땔나무를 아홉 짐, 마당을 아홉 번 쓸라 하였습니다.

어린 시절 '아홉'이란 숫자가 신기해,

"아빠, 왜 아홉이지요?"

"응, 건강하고 부지런한 사람이 되라는 뜻이지."라며 머리를 쓰다듬어 주었습니다. 정월 한 달 동안 말을 조심하고 몸을 깨끗이 하라했습니다. 그때 아버님 손길이 얼마나 따스하고 정겨웠

대추나무 시집 보내기

222

던지 아직도 머리맡에선 서늘한 바람이 일어납니다.

"오늘은 묵은 김치도 먹어선 안 된다."
"…?"
묵은 지를 먹으면 일 년 내내 살 쐐기(가려워 따끔거리는 여름 철 피부병)가 돋아 큰일 난다 하였습니다.

개나 소와 같은 길짐승에게는 목에다 복숭아 나뭇가지로 목사리를 매줘야 무병장수 한다하고, 뜰 안에 있는 나무마다 잘 생긴 돌을 얹어 놔야 열매가 많이 달려 풍년이 든다 하셨습니다. 외양간 소에게는 키에다 밥과 나물을 퍼서 주고 뭘 먼저 먹나 잘 살펴보라 하였지요. 밥을 먼저 먹으면 풍년, 나물을 먼저 먹으면 흉년이 든다하여 밥을 먼저 먹게 해달라고 기도를 드리곤 했습니다.

말이 나무 아홉 짐이지, 그게 어디 쉬웠던가 싶습니다. 아침 일찍 일어나 마당을 쓸고 조선낫과 지게를 지고 산으로 올라갑니다. 한 짐 부터 여덟 짐까지는 참나무 두개피를 지고 올 때도 있고, 썩은 나무 세 등걸을 나르기도 하고, 아홉 짐 째는 쪽 뻗은 싸리가지나 갈비(소나무 마른 잎)를 차곡차곡 묶어지고 오면, 어머닌 그 나무로 오곡밥을 지어 고봉으로 담아주며 어서 키가 쑥쑥 자라 큰 인물 되라 하였습니다.

정월 열나흘 작은설, 아버지가 들려주던 옛날이야기를 떠올리며 나무를 하러 산엘 올라갑니다. 아침에 먹다 남은 땅콩 알갱이들을 입에 넣고 더위 파는 연습을 해 봅니다. '내 더위 사거라.' '내 더위 판다.' 해보지만, 성큼 더위를 사주겠다던 엄마 목소리 대신 나무 숲속을 스쳐가는 겨울바람만 윙윙 산등성을 넘어갑니다.

바싹 마른 삭정이와 관솔들을 찍어내 지게에 지고 산비탈을 내려오려니 다리가 후들거려 금방이라도 낭떠러지로 굴러 떨어질 것만 같습니다. 이제 겨우 한 짐 째인 데 벌써 허리가 저리고 다리가 휘청거리니 아홉 짐을 언제 채울까 싶습니다.

개울가에서 잘 생긴 돌들을 주어다가 대추나무에 올려놓습니다. 양쪽으로 갈라진 방아다리 사이에 얹어 놓으니 대추나무도 싫지 않은 듯 우듬지를 흔들어 보입니다. 올해도 미친 싸리비병에 걸리지 말고 작년처럼 대추가 주렁주렁 달리고, 나도 대추처럼 단단하고 올곧은 삶을 살게 해달라고 다짐을 해봅니다.

병술 년 개띠를 맞이하여 한 달 전에 우리 집 아롱이가 예쁜 강아지를 일곱 마리나 낳았습니다. 다 나눠주고 지금 수놈 무녀리 한 마리

집을 지키고 있습니다. 요새 젖을 떼었는데 징징대지도 않고 재롱을 떨기 시작합니다. 아기 아롱이가 건강하게 잘 크도록 개 복숭아 나무줄기로 목사리를 매달아 봅니다. 어린것은 멋도 모르고 귀찮다 뱅뱅 굴러대며 야단입니다.

더위를 팔며 땔나무 아홉 짐 하던 시절이 엊그제 같은 데, 나도 어느새 아버지 나이 되어 서러운 옛이야기 듣습니다. 노루 꼬리만 한 겨울 해가 말갛게 빗질을 하고, 그리운 목소리들이 환청 되어 화악산을 넘어가고 있습니다.

고향의 맛, 한과

명절이 가까워오면 동네 아줌마들이 돌아가며 한과 품앗이를 합니다. 찹쌀을 기름에 튀겨 유과를 만들고 고명(겉모양을 꾸미기 위해 음식 위에 뿌리는 실고추 따위, 여기서는 참깨나 튀밥을 말함)을 발라 내느라 웃음소리 가득합니다. 마른 찹쌀과자가 기름 솥에서 발버둥칠 때마다 고향냄새가 풍겨 나옵니다. 한과 빚는 풍경이 좋아 여인들 속에서 핀잔을 들어가며 일손도 거들고 지범지범 부스러기도 얻어먹습니다.

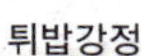

튀밥강정

한과는 예부터 다식 약과 등과 함께 잔칫상에 오르는 귀한 과자로 대접을 받아왔습니다. 그러나 만드는 과정이 번거롭기 때문에 여인들의 정성과 손끝 품이 많이 들어가는 작업입니다.

찹쌀을 일주일 정도 냉수에 담갔다
빻아 겹체로 쳐 반죽을 만듭니다. 반
죽을 펄펄 끓는 물에 뜯어 넣고 찐
다음, 꽈리가 일어 부풀어 오를 때
까지 방망이로 팡팡 두들겨댑니
다. 반죽을 말리고 썰어 기름에

찹쌀강정

튀겨내기까지 세심한 마음 씀씀이를 해야 좋은
한과를 만들 수 있습니다.

한과의 재료는 토종 참깨와 튀밥이나 지장을 사용합니다. 참깨를
볶을 때 고소한 냄새는 늘 코 속을 즐겁게 해줍니다. 고소한 맛은 메
마른 기운을 기름지게하고 질병을 예방하며 노화방지와 수명 장수하
는 식품으로 알려져 있습니다.

어려서 먹던 깨보숭이, 깨설기, 깨다식, 깨경단, 깨죽 등 말만 들어
도 입안에 침이 고여 옵니다. 깨로 만든 음식으로 배를 채우기 힘들어
어머니가 내어주는 분량으론 양에 차지 않아 껄떡대던 추억이 어제와
같습니다. 깨로 만든 음식들을 입아귀가 터지도록 욕심 사납게 먹을
라치면 죽어서 아귀(餓鬼)가 된다 겁을 덜컥 주곤 하였습니다.

"엄마, 아귀가 뭐야?"
"허기가 진 귀신"

조청 바르기

"?…."

"몸은 앙상하게 말라 배가 불룩하지만 목구멍이 좁아 음식을 먹을 수 없단다."

막 튀겨낸 참깨와 튀밥 강정을 입안에 넣고 씹고 있으려니 어린 시절 엄마의 목소리가 귓가를 맴돕니다. 아무리 먹어도 배가 차지 않는 달착지근하고 고신 맛, 참 오랜만에 씹어보는 고향냄새입니다.

설날이 오면, 아줌마들은 한과를 제사상에 올려 한 해의 풍년과 건강을 축원도 하고, 설 손님에겐 한 접시씩 수북이 담아 고향의 긴 겨울이야길 녹여냅니다. 때깔 좋고 번듯한 강정이야 시중에 가면 얼마든지 사 먹을 수 있습니다. 그러나 고향의 맑은 물과 청정 찹쌀로 빚어낸 아늑한 맛을 어디가 맛보랴 싶습니다.

겉모양이나 차림새만 화려하고 속내는 보잘 것 없는 꼴을 '속빈강정'이라합니다. 그러나 살다보면 가끔씩 속을 비우고 쓰잘데기 없는 것들을 휴지통에 버려야할 때가 있습니다. 마음속은 늘 헛바람이 들어 비우기가 그만큼 힘이 듭니다. 하지만 한편에선 마음을 버리고 비우라 재촉을 합니다.

　속빈한과, 손끝으로 빚어낸 ‘텅 빈’ 정성 속에 우러나는 깊고 그윽한 맛, 비워서 얻어낸 여백과 넉넉함을 대하는 순간이 행복하기만 합니다. 설날이 가까워옵니다. 자꾸만 부풀어 오르는 속을 달래고 추스르며 ‘텅 빈 충만’에 대하여 다시 곱씹어봅니다.

거꾸로 키가 크는 수정 고드름

북한강 상류는 눈 나라입니다. 지붕마다 하얗게 쌓인 눈이 얼었다 녹았다 하는 바람에 고드름 꽃이 피어나 장관을 이루고 있습니다. 마치 흰 실타래로 발을 쳐놓은듯합니다.

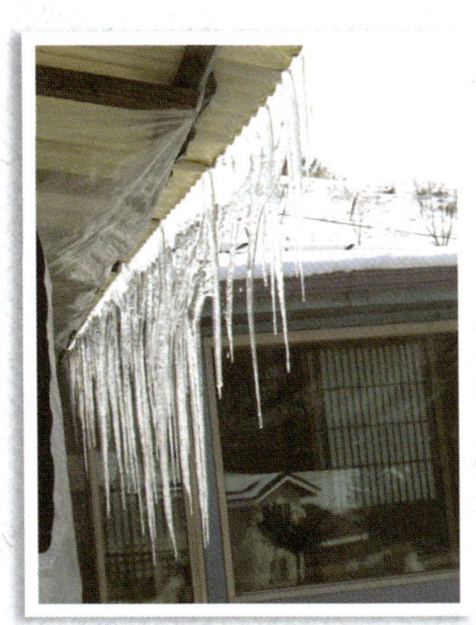

수정 고드름

아침엔 영하의 날씨로 쌩쌩하다가도 한낮이면 맑은 하늘 아래 햇살이 따사롭습니다. 그때마다 다소곳 누워있는 처마 밑으로 고드름의 키가 삐쭉 자라나 수정처럼 반짝입니다. 거꾸로 매달려 대롱거리는 흰 줄기를 타고 눈물이 툭툭 흘러내립니다. 그러면 하얀 속살 안으로 어린 시절 그리운 얼굴들이 하나둘 되살아나옵니다. 언제 나타났는지 노을이가 고드름을 만져보고 싶어 합니다.

"아저씨, 고드름 하나만 따 주세요."
"고드름은 뭐하게?"
"만져 보려고요."
"네가 따렴."
"난, 키가 안자라잖아요."
"고드름 한 번 먹어볼까?"
"괜찮을까요?"
"아저씬 어릴 때 고드름 따먹고 키가 컸단다."
"정말이에요?"
"고드름 따먹고 자고 나면 키가 몰라보게 쑥쑥 자라난단다."
"어때, 먹어 보련?"
"네."

짚 똥 가리

둘이서는 길쭉한 고드름을 하나씩 따들고 햇살이 내리쬐는 짚 똥 가리 밑에 자리를 잡습니다. 짚가리 위에도 아직 잔설이 하얗습니다. 그리곤 고드름을 엿가락처럼 하나 둘 똑똑 잘라먹기 시작합니다.

“맛있어?”
“네.”
“무슨 맛?”
“여름에 먹던 얼음과자 같아요.”
“그래, 많이 먹어, 어서 먹고 고드름처럼 키가 쑥쑥 커야지.”
“네-.”

노을이는 아삭아삭 잘도 씹어 삼킵니다. 그때마다 목구멍 속으로 하얀 수정 고드름 알들이 꼴깍 넘어갑니다. 나도 노을이 흉내를 내보지만 어릴 때 그 맛이 아닙니다. 고드름 덩어리가 입안에서 미끈대고 달가닥거리며 어금니에 부딪힐 때마다 잇몸이 시리게 저려옵니다.

“노을아, 우리 내기할까? 가위 바위 보해서 지는 사람 노래 부르기, 어때?”
“재미있겠다.”
“가위바위보, 가위바위보, 가위바위보.”
이기고지고, 지고이기며 노래를 불러봅니다.

고드름 고드름 수정고드름
고드름 따다가 발을 엮어서
각시방 영창에 달아 놓아요.

둘이서는 합창을 부르며 하얀 들판과 파란 하늘을 올려다봅니다. 봄이 오려는 지 뽀얀 기운이 가물거립니다. 오늘따라 밤나무 팔부능선에 걸려있는 까치집이 더욱 정답고 아늑하게 다가섭니다.

북한강 상류에도 어서 봄이 오고 노을이의 키가 고드름처럼 쑥쑥 자라났으면 참 좋겠습니다.

초설(初雪)

첫눈이 내린다. 으스스 찬바람이 불어오고 산 밑 덤불 사이로 밤새 떼들이 무릴 지어 내리면 추억처럼 눈이 내린다. 잿빛 하늘 아래로 서럽도록 하얀 순수가 쏟아지고 있다. 가루눈으로 시작한 눈은 오후가 들며 함박눈으로 변했다. 초설(初雪)이 함박눈으로 변하다니 얼마나 멋진 순간인가.

첫눈 내리면 신으려고 아껴뒀던 털 장화를 꺼내 신고 눈 발 속으로 달려간다. 첫눈을 혼자 맞이하기엔 아까워 '흰둥이'의 목줄을 벗기고 둘이서 뜀박질을 해본다. 마당을 출발하여 그루터기가 나란한 논배미로, 호밀밭으로, 다시 논배미로, 흰둥이가 실례하는 틈을 타 볏짚가리 뒤로 몸을 숨겨 본다. 역시 흰둥이의 코는 예민하다. 금세 찾아와 바짓가랑이 속에 머리를 디밀고 뜀베질을 하며 숨을 할딱거린다.

흰둥이와 나는 어렸을 때처럼 머리를 뒤로 젖히고 눈송일 받아먹으러 입을 벌려 보지만 좀처럼 입안으로 들어와 주질 않는다. 첫눈을 받아먹어야 눈이 밝아지고 살결이 뽀얗게 된다는데….

입으로 받아먹다 시답잖아 백설기 떡처럼 주물러 한 입 덥석 베어 물고 손등을 비벼 본다. 이가 시리고 손바닥이 알알하며 더운 김이 모락거린다. 어릴 땐 정말 그랬다. 겨울에 손이 갈라지고 터지면 차가운 눈이나 오줌 물로 씻으면 몰라보게 손등이 부드러워지고 터진 곳도 말짱하게 아물었다.

오늘 첫눈은 낭만적이다. 함박눈이 가루눈으로 이내 싸락눈으로 변했다. 귀를 기울이면 싸락눈에선 사락사락 소리가 난다. 눈이 오늘밤처럼 사락거리면, 그리운 사람이라도 생각하며 홀로 밤중 여행을 떠난다.

어느 머언 곳의 그리운 소식이기에,
이 한밤 소리 없이 흩날리느뇨.

처마 밑에 호롱불 야위어 가며
서글픈 옛 자취인 양 흰 눈이 내려

하이얀 입김 절로 가슴이 메어
마음 허공에 등불을 켜고,
내 홀로 밤 깊어 뜰에 내리면,

머언 곳에 여인의 옷 벗는 소리.

희미한 눈발
이는 어느 잃어진 추억(追憶)의 조각이기에,
싸늘한 추회(追悔) 이리 가쁘게 설레이느뇨.

한 줄기 빛도 향기도 없이
호올로 차단한 의상(衣裳)을 하고
흰눈은 내려 내려서 쌓여

내 슬픔 그 위에 고요히 서다.
  -김광균 〈雪夜〉 전문

눈내린 논배미

시를 읽다 보면, 내 가슴 속에도 어느새 눈은 내리고 쌓여 하늘을 날아오른다. 또 시인이 찾다 못 찾아낸 한 줄기 빛과 설향(雪香)을 따라 꿈속을 헤매다, 그동안 잊고 지낸 나의 '호올로'를 찾아 들판을 달린다.

아침에 눈을 떠보니 아직 눈은 녹지 않고 남아 세상을 덮고 있다. 첫눈 위로 초겨울 아침 해가 말갛게 솟아오르고 이름 모를 산새들이 지붕 밑까지 내려와 조잘거리고 있다.

팽이와 썰매

논배미가득 찰랑대던 얼음물이 얼어붙기 시작한다. 얼음물이 몸을 합쳐 쩌렁거리면 하얀 꿈이 차오르는 얼음판을 내려다본다. 어린 시절 겨울방학 땐, 아버진 네모반듯한 논배미를 골라 개울물을 끌어들여 얼음판을 얼리기 시작했다. 얼음 결이 두터워 반들거리면 앉은뱅이 썰매를 타고 팽이를 치며 겨울을 달궈내던 추억이 어제처럼 논배미를 건너온다.

썰매를 만들며 송판과 다리를 깎아 철사를 대고, 송곳 꼬챙이를 불에 달궈 뾰족하게 송곳날을 세울 때면 아버진 누구보다 커보였다. 꼬챙이가 단단하고 썰매 날이 서야 얼음 위를 팍팍 찍어 씽씽 달릴 수 있다며 박달나무 손잡이에 송곳을 박아주었다. 아버지가 만들어준 앉은뱅이 얼음 썰매를 타고 유리알처럼 반들거리는

앉은뱅이 썰매

얼음판 위에 얼굴이 빨갛게 물들고, 손등이 두꺼비처럼 터져 알알해 와도 즐겁기기만 했던 그 해 겨울은 춥지가 않았다.

두발을 벌려 썰매에 올려놓고 엉덩이를 들썩이며 속도가 붙어 빠르게 달리는 법을 배우고, 힘이 부치면 책상다리를 하고 느긋하게 앉거나 엎드려 끌어 달라 응석을 부렸다. 편안하게 얼음을 지치고 쌩쌩한 얼음판을 가르며 달리던 아버진 하늘을 나는 바람이었다. 썰매를 타다 손발이 시리면 논두렁 살라 손발을 녹이고, 오줌이 급하면 아버지 앞에 예사로 고추를 내놓고 하늘을 바라보며 마려움을 해결하고도 부끄럼을 몰랐다. 달랑달랑 요령을 흔들어대도 잠지를 단 것이 자랑스럽기만 했다. 저녁엔 쩍쩍 갈라진 손등에 쇠죽 쑨 등겨나 오줌 물을 발라 주물러 비벼 줬다. 그러면 튼 손이 부드럽게 되살아나곤 했다. 아버지 손은 아리게 터진 손등을 아물게 하는 약손이었다.

얼마나 신나던 팽이 놀이었던가. 박달나무 한 쪽을 잘라 달걀모양의 팽이를 만들고 팽이채에 헝겊오라기를 단단히 매어달면 팽이놀이는 시작되었다. 아버진, 팽이 위에 크레용으로 오색 빛을 그려 넣고 아래쪽 뾰족한 끝에단 못대가리를 박아 동그랗게 갈아주었다. 팽이가 돌기 시작하면 무지개빛 오색 꿈을 꾸었고, 팽이 끝에선 얼음나라 요정들의 노래가 들려왔다. 아무리 날씨가 쌩쌩해도 추운 줄 몰랐고 팽이치기 놀이는 온종일 얼음장을 녹여냈다.

팽이

'팽이야 돌아라, 팽글팽글 돌아라, 바람개비보다 더 빨리 돌돌 돌아라.' 응얼거리며 팽이채를 돌려 매질을 해댔다. 팽이는 자꾸 맞아야 넘어지지 않고 일어나 돌고, 기운이 거세어야 옆의 팽이와 '딱' 하고 박치기를 해도 홀로서기를 할 수 있다는 사실도 이때 배웠다. 매질을 잘못하거나 속도가 느리면 비실대다 쓰러지기 때문에 불이 나게 처대야 했다. 매를 맞아야 살아나는 신명을 알았고, 아픈 시련을 겪은 후라야 꿈이 깨고 피어남을 깨달았다.

팽글팽글 잘도 돌아가는 팽이, 매끝에 정이 든다고나 할까, 돌다가 신명이 잡히면 매질이 없어도 팽이는 홀로 돈다. 세상을 살다보니 시린 풍상 앞에 이런저런 고통을 견디어내야만 의젓한 사람으로 다시 태어나는 이치와 진리를 가르쳐 준 팽이.

팽이 돌기 속에 세월이 감겨온다. 꿈속처럼 아른거리는 옛날을 어찌 잊으랴. 하얀 햇살이 얼음 살 위로 쏟아지기 시작하면 아직도 가슴엔 따스한 마음이 일어난다. 추억과 눈물이 아롱거리는 눈부신 얼음판.

어쩌면 그 때가 가장 행복하고 따스했던 겨울 축제의 마지막 날이었는지 모른다. 조무래기들이 재잘대는 얼음판 위, 팽이 속으로 아버지가 세월을 감아 돌리며 달려온다. 앉은뱅이 썰매를 타고 씽씽 달려온다. 아, 아버지 당신.

강촌서설(江村瑞雪)

경춘가도(京春街道), 언제 불러 봐도 정답고 아름다운 곳이다. 춘천과 서울을 잇는 이 길은 누구나 한 번 들어서면 영원히 잊지 못할 추억의 길이 된다. 거기엔 젊음과 낭만, 희망과 추억이 함께 흘러내리는 곳이기 때문이다. 빨간색 무궁화호 열차가 뱀 허리띠를 두르고 레일로드를 그림처럼 지나다니는 곳, 대성리와 강촌 사이는 꿈을 꾸듯 신비스럽다. 청평에 들어서면 쪽빛강물은 금세 가슴 가득하니 안겨 온다. 그러면 푸른 꿈을 꾸기 시작해야한다. 철거덕 철거덕 철교를 넘어 강물을 거슬러 건너가는 빨간 기차, 시원스레 이어지는 교각들, 교각 위를 질주하는 많은 차량들, 의암댐을 돌아나가는 환상의 드라이브 코스, 희끗희끗 아득하게 바라다 보이는 삼악산 설경, 꿈

북한강 상류

을 꾸다 보면 기차는 뚜-하고 강촌역에 들어선다.

　처음 발령을 받고 어머니가 누벼준 솜이불 보퉁이를 달랑 싸가지고 강원도 교육청을 찾아가는 길, 그 때도 청량리역에서 기차를 탔다. 멀리 떠나는 철없는 아들에게 엄마는 하필이면 왜 서울을 버리고 강원도냐며 눈물을 적시었다. 엄마를 달래느라 육 개월만 있다 곧 서울로 오마고 했다. 기차를 타자마자 함박눈이 흩날렸다. 대성리, 청평, 가평을 지나고부터 눈은 오는 대로 강물로 떨어져 내렸다. 강촌에 도착했을 때 대설주의보로 기차가 연착했다. 간이역에서의 멈춤은 걱정도 되었지만 행운이기도 했다. 설경으로 뒤덮인 강촌역 풍경은 그냥 그대로 한 폭의 동양화였다. 이렇게 아름다운 간이역도 있다니, 처음 보는 눈 덮인 풍경에 기차가 아주 여기서 얼어붙어도 좋을 듯싶었다. 육 개월만 근무하다 서울로 돌아간다던 엄마와의 약속은 푸른 강물에 내리던 눈발처럼 녹아 허사가 되고 말았다. 한참 꽃처럼 피어나는 여학생들과 경춘가도, 경춘선 열차를 타는 재미에 세월을 잊어버렸던 것이다. 아예 춘천에 눌러 강원도 사람이 되고 말았으니 첫 발령 시 강촌에 내리던 눈발 때문이 아니었나 싶다.

　오늘처럼 눈이 내리는 날엔 가끔 강촌 행 기차를 탄다. 춘천역, 남춘천역, 김유정역을 지나

강촌역

면 벌써 강촌이다. 시끌벅적한 주말과는 다르게 평일엔 그저 조그만
간이역이다. 아치형 플랫폼을 따라 개찰구를 빠져나오면 이내 푸른
강물이 강촌교 밑으로 유유히 흘러내틴다.

　눈이 내리면 경춘가도와 철로길, 삼악산은 하얗게 솜이불로 뒤덮인
다. 그 옛날처럼 쏟아지는 눈발들은 추억처럼 강물에 녹아내린다. 눈
이 그치고 날씨가 따스해오면 푸른 강물위론 뽀얀 물안개가 피어오르
기 시작한다. 다리 난간에 기대 또 꿈을 꾸기 시작해야 한다. 솜이불
을 손수 지어 청량리역까지 마중을 나와 눈물을 훔쳐내던 엄마도 만
나고, 일학년 담임을 맡았을 때 가출을 허선 단발머리를 자르고 서울
로 도망을 치며 책가방을 푸른 강물에 풍덩 집어던졌던 여학생 후남
이도 만난다. 청량리역 파출소 앞에서 빙빙 돌다 경찰관에게 붙잡힌

꿈꾸는 북한강 상류 '물안개'

어린 후남이를 데리고 강촌역을 막 지나오는 데 또 눈이 내렸다. 후남이가 갑자기 눈물을 쏟아내기 시작했다. 학교가 싫어 가방을 강물 속에 집어 던졌다 했다. 나도 눈물을 질금거렸다. 담임이 오죽 못났으면 가출까지 하게 되었겠나하는 죄책감에서였다.

눈 내리는 날 북한강 물안개는 유별나다. 쪽빛강물을 일으켜 세우는 물안개, 하얗게 무너져 내리는 눈꽃, 풀과 나무와 바위들도 물안개 피어나면 대낮에도 잠을 자야한다. 얼음 속에서 겨울을 녹여내는 청둥오리 떼만 자맥질하며 고기를 잡아 올리느라 철버덩거리니 세상이 살아 있구나 싶다. 물안개를 몰아가는 시원한 겨울바람, 가슴을 파고 드는 차가운 흥분들은 푸른 강물과 눈꽃만이 줄 수 있는 넉넉함과 행복감이다. 눈꽃 속 물안개는 언제 보아도 부드럽고 촉촉하다. 그리고 아늑하게 마음을 가라앉힌다. 어머니 뱃속처럼 따스하고, 사랑하는 사람에게 처음 안겼을 때처럼 포근하다.

강촌역 대합실의 벽과 기둥은 온통 젊은이들의 입김을 쏟아놓은 추억의 전쟁터이다. 간이역을 떠나기에 앞서 너나없이 추억여행을 남겨 놓느라 야단들이다. 낙서도 있고, 사랑의 증표도 있다. 젊은이들만의 꿈과 낭만, 울분, 고독과 절망… 출신학교, 애인 이름, 친구 별명 같은 것들이 뒤범벅이 되어 도배질을 해놓는다. 기둥과 벽면에 달아놓고 간 많은 사연들을 보고 있으면 싱싱하고 풋풋했던 젊은 날의 냄새를 맡는다.

　나도 젊은 흉내를 내보려고 수성 펜을 꺼내 머뭇머뭇 사방을 둘러보니 아무도 없다. 간이역을 지나가는 싸한 겨울바람만 철길 위를 휭휭 내달린다. '엄마! 약속 못 지켜 미안해' 라 써넣고 간이역을 빠져나오려니 하얀 눈발이 또 추억처럼 내려 앉는다. 잠깐만 강원도에 살다 곧 돌아오라던 목소리가 환청 되어 귓밥을 스쳐가나 싶더니, 어느새 청량리행 무궁화 열차가 뚜-소리를 내며 그림처럼 강물을 건너가고 있다.

홍시를 보면 울엄마가 생각난다

감나무 없는 시골에 살다 보니 까치밥이 매달린 감나무가 그립습니다. 감나무 하나 없는 산촌시골집. 몇 년째 감나무를 키워보려고 별별 노력을 다해도 겨울이면 얼어 죽어 허전하기 그지없습니다. 더구나 조금만 시내 쪽으로 가면 담 너머로 홍시가 주렁주렁, 그 빈자리가 더욱 아쉽습니다.

마늘심기를 마지막으로 올 농사를 끝내고 허리를 펴니 초겨울햇살이 말갛게 가슴을 쓸어내립니다. 더 추어지기 전에 서둘러 풍물장엘 다녀와야 할까 봅니다. 트럭에 시동을 걸고 카스테레오의 스위치를 돌리니 '홍시'라는 노래가 추억처럼 흘러나옵니다. 홍시는 그 진솔한 내용과 호소력 있는 목소리로 생생하게 다가와 잃어버린 어머니의 추억을 되살려놓습니다.

생각이 난다 홍시가 열리면
울엄마가 생각이 난다

자장가 대신 젖가슴을 내주던
울엄마가 생각이 난다

눈이 오면 눈맞을 세라
비가 오면 비젖을 세라
험한 세상 넘어질세라
사랑땜의 울먹일세라

그리워진다 홍시가 열리면
울엄마가 그리워진다
….
-나훈아 〈홍시〉

춘천 풍물장에 들러 털신, 장갑, 갈퀴, 삼태기, 부삽, 조선낫, 톱, 강아지 사료, 이면수 한 송이...를 사들고 돌아서려니 뭔가 허전해옵니다. '홍시' 사는 걸 잊어버렸던 것

입니다. 과일가게에 들러 홍시 한 박스와 내친김에 곶감도 몇 꽂이 사
서 트럭에 싣고 산골로 돌아오는 길. 시골길만큼이나 정겨운 홍시 노
래를 흥얼거리며 구불구불한 춘천댐 구빗길을 돌아 나오려니 오늘따
라 쪽빛강물이 더욱 새파랗게 내려다보입니다.

홍시와 어머니, 내 어머니의 젖무덤은 대봉감 홍시만큼이나 불룩했
습니다. 젖무덤만 큰 게 아니고 손도 크고 마음도 넉넉했습니다. 감나

무에 까치밥을 넉넉히 남겨놓아야 겨울이 따
스해오듯, 먹거리는 그게 밥이든, 떡이든,
반찬이든 먹다가 조금은 남아야 속이 편안
했습니다. '동생들 주게 좀 남겨라.' '손님
이 올 지도 모르니 남겼다 주자.' 했습니
다.

돌이켜보면, 남긴다는 것은 곧 아끼는 일, 풍요와 여유라는 진리를
깨우쳐 주곤 했습니다. 또한 예비와 준비 희망, 몫을 나눈다는 깊은
뜻이 담겨 있었음에랴.

감나무 없는 시골 산촌, 빨갛게 익어 대롱대롱한 까치밥을 떠올리
며 그 옛날 어머니처럼 쌀통에다 홍시를 갈무리해놓고, 지붕 밑에 곶
감을 빼먹으며 긴긴 겨울밤을 의미 있는 자리로 채워가고 싶습니다.

시인과 자작나무

온돌방 생활은 해가 넘어 가기 전 군불부터 지펴야한다. 땅거미가 어스레 저녁을 끌고 집안으로 기어들면 군불 때기는 시작된다. 마른 장작에 불꽃이 일기 시작하면 나무뒤꿈치마다 각질을 벗고 자지러질 듯 흰 액젓을 토하기 시작한다. 달착지근하고 매콤한 향기가 가슴을 파고 들어와 몸이 날 것처럼 생기가 돈다.

불을 지피다 보니 장작개비 속에 몸을 비틀며 하얀 거품을 뿜어내고 있는 나무가 있다. 자작나무다. 자작나무는 하얀 껍질에 뽀얀 속살을 가지고 있다. 껍질에선 애틴 처녀의 속살 냄새가 난다. 더구나 오늘처럼 아궁이 속에서 몸을 달궈낼 땐 젖 쿨 내움이 묻어나온다.

내가 자작나무를 좋아하기는 '백석(白石)' 의 시를 읽고서부터다.

산골집은 대들보도 기둥도 문살도 자작나무다

평안도 어느 한적한 산골 마을일까, 여우가 캥캥 우는 밤, 주인은 손님을 대접한다고 메밀국수를 삶는 데 그것도 자작나무다. 산도 집도 자작나무가 둘러싸인 조그만 마을을 생각하면 그리움 같은 것이 뭉클 솟아오른다. 밤이 어두워오려는 지 아까부터 여우 대신 노루가 그 옛날처럼 캉캉거리며 산등성을 넘어가고 있다. 아궁이 속을 빨갛게 달궈내는 자작나무 냄새를 맡으며 까마득한 향수에 젖는다. 가마솥에선 맹물 김이 핑핑 돌아 기어 나와선 부엌을 빠져나가고 나는 자꾸만 자작나무를 떠올리며 군불을 땐다.

자작나무에선 혁명의 냄새가 난다. 12월이 되면 승냥이가 떼 지어 몰려오는 자작나무 숲속으로 '닥터 지바고'와 '나타샤'가 금방이라도 나타날 것만 같다. 그리고 자작나무를 좋아하던 백석의 시세계로 작정 없이 달려든 스물 두 살의 기생 '子夜'(본명은 김진향)를 그냥 지나칠 수가 없다. 백석이 함흥 영생고등학교 영어교사 시절 권번 기생이던 자야를 만난 건 우연이었다. 두 사람은 만나자 마자 이내 타오르는 아궁이의 불꽃으로 변했다.

"당신은 학교의 일과가 끝나기가 무섭게 도망치듯 나의 하숙으로 바람같이 달려왔다. 우리는 새삼 그립고 반가운 마음에 두 손을 담쑥 잡았다. 꽁꽁 언 손을 품속에 데워서 녹이려 할양이면 난폭한 정열의 힘찬 포옹, 당신은 좀처럼 풀어줄 줄을 몰랐다."
김자야 '내 사랑 백석' (1995년) 중에서.

*가난한 내가
아름다운 나타샤를 사랑해서
오늘밤은 푹푹 눈이 내린다*

*나타샤를 사랑은 하고
눈을 푹푹 날리고
나는 혼자 쓸쓸히 앉아 소주를 마신다
소주를 마시며 생각한다
나타샤와 나는
눈이 푹푹 쌓이는 밤 흰 당나귀 타고
산골로 가자 출출이 우는 깊은 산골로 가 가마리에 살자*

*눈은 푹푹 나리고
나는 나타샤를 생각하고
나타샤가 아니올 리 없다
언제 벌써 내 속에 고조곤히 와 이야기 한다*

오늘처럼 눈이 푹푹 내려와 쌓이는 12월 초저녁엔, 닥터지바고와 나타샤와 자야를 떠올리며 자작나무로 군불을 땐다. 불이 활활 타오르고 자작나무가 자작거리기 시작하면 나도 나타샤의 고조곤한 옛 이야기 듣는다.

아궁이 속 불결도 사위어 가고 굴뚝새도 잠이 들 무렵, 눈은 점점 더 내려 가마리(오막살이의 평북 사투리인 듯)에 쌓이는 데, 저 멀리 사슴장에선 숫 사슴 한 마리 잠을 못 이루고 쩩쩩 울부짖고 있다. 눈과 흰 당나귀와 나타샤가 자꾸만 그리워지는 밤이다.

*백석(白石), 1912~1995
본명은 기행, 평북 정주 출생.
오산중학과 일본청산학원 영문과 졸업.
조선일보 출판부에 근무하다, 1936년 시집〈사슴〉간행으로 문단 데뷔.
〈고향〉〈북방에서〉〈적막강산〉등 토속적 향토석 짙은 서정시를 개척하는 데 성공, 8.15
후 고향에 머물다 1995년 협동농장에서 사망한 것으로 알려졌다. 공교롭게도 남한에선
자야가 〈내사랑 백석〉을 펴낸 해였다.

*자야(子夜)가 백석을 만난 것은 22세 때였다. 권번학교 기생 출신으로 본명은 김영한
즉 옛날 대원각 주인이다. 자야란 이름은 이백으 시 〈자야 오가〉에서 자야를 본 따 백석
이 지어준 이름이다. 백석은 부모들의 강권으로 세 번이나 결혼 했으나 초례를 치르곤
곧바로 자야를 찾아오곤 했다. 그 때마다 자야는 서울로 도망을 가고, 해방 후 분단으르
두 사람은 한 번도 만나지 못했다.

장닭

장 닭이 세 해 째를 치고 있다. 자(子)시에 한 번, 축(丑)시에 또한 번, 인(寅)시에 세 번째 날개 짓을 한다. 인시에 듣는 닭 울음소리는 어느 때보다 장하고 신비스럽다. 이집 닭이 울면 저 집닭이 울고, 저 집닭이 울고 나면 온 동네 닭이 따라 울며 강물과 하늘을 조금씩 열어놓는다. 매일처럼 듣는 닭울음소리건만 오늘 아침엔 유별나게 귓밥을 맴돈다. 새해를 맞이하는 감회가 새로워서이다.

새벽닭 울음소리는 언제 들어도 신령스런 힘을 불러일으킨다. 장 닭이 날개를 털고 새벽을 일으켜 세우면 잠에서 깨어난다. 눈을 껌벅대며 몇 초 간격으로 울고 홰를 몇 번이나 치나 세어도 보고 하루 계획을 세운다.

장 닭은 언제 보아도 멋쟁이다. 찬란하게 빛나

장 닭

는 붉은 깃털과 벼슬, 날카로운 발톱 훤칠한 키에 떡 벌어진 날개, 넉넉하고 뜨거운 가슴, 검은 색 꼬리,

밤낮으로 때를 맞추어 시간을 알려주는 믿음성, 먹이를 나눠 먹을 줄 아는 의리…. 그야말로 암탉들에겐 멋쟁이 오빠이며 애인이고 꽃미남이다. 늠름하고 의젓함으로 암탉들을 이끌고 다니니 평소엔 장(丈)닭이고, 종족 번식을 위해 큰일을 치룰 때나 위험 앞에선 언제나 장(將)닭이다.

암탉의 산란기가 되면 알을 잘 낳도록 헌 타이어에 폭신하고 보드라운 짚과 풀을 깔아 둥우리를 틀고 비닐을 둘러 아늑한 생활공간을 마련해 준다. 암탉이 알을 낳으려 둥우리 속으로 몸을 숨길 땐 웅크리고 앉아 목을 자분자분, 머리를 갸웃갸웃 주변을 살펴본다. 그 모습을 훔쳐보는 재미가 여간 쏠쏠한 게 아니다. 그런데 놀라운 사실은 수탉의 행동이다. 암탉이 알을 낳으려고 걀걀대면 알자리 둥지로 미리 들어가 자리가 편한지 두발로 헤집어 보기도하고, 더러운 곳을 후벼내 정리정돈을 잊지 않는다. 또 알을 낳는 동안 둥지 곁을 떠나지 않고 빙빙 돌고 있다. 마치 산모의 진통이 시작되면 산실 밖에서 애를 태우는 수컷들의 마음을 대변해주듯 살뜰한 마음씀씀이를 갖고 있다.

암탉들은 알 하나 쏙 빼어놓고, ‘나 알 낳았다.’ 목줄이 찢어지도록 꼬액 꼬액 악을 쓰게 마련이다. 장 닭은 이 때다싶게 뒤꼬리 깃을 한껏 치켜세우고 목을 죽 뽑아 올려 볏 날과 양 턱받이를 흔들어댄다.

토종닭 알

우아한 몸짓과 발놀림으로 '꾹 꾹' 암놈을 불러 먹이를 물었다 놓았다 땅바닥에 굴리며,

'알 낳느라 수고 많았어, 어서 먹어 어서.' 하며 수컷 나름의 아량을 한껏 뽐내 본다. 허나, 시간이 좀 지날라 싶으면 갑자기 눈을 휘 번득대며 암탉 주위를 한 바퀴 도는척하다 옆 걸음 질을 치기 시작한다.

'내일 또 나야지' 말이 떨어지기 무섭게 냅다 암놈 벼슬을 물고 등허리로 올라탄다. 이내 파르르 목을 떨며 내려와 '아, 시원하다.' 양 날개를 훨훨 털어 낸다. 날카로운 장 닭 발톱이 닿았던 날개 죽진 느닷없이 기어올라 기세를 부리는 바람에 깃털이 듬성듬성 빠져 속살이 벌겋게 드러나 볼 상 사납다. 하지만, 오늘도 암탉들은 시간만 있으면 '걀걀' 알가지 소리로 수탉의 귀를 꼬드기며 응석부리기에 바쁘다.

요새 장 닭의 낌새가 심상치 않다. 우아하고 품위가 넘쳐나던 날개 짓은 물론, 목소리마저 착 가라앉아 맥이 없어 보인다. 꽁지는 하나둘 빠져 꾀죄죄하고 뜨겁게 타오르던 눈빛은 다 어디가고 시간만 나면 게슴츠레 눈을 감고 졸음에 겨운 모습이다. 찬란하게 빛나던 벼슬마저 거무스레하게 쪼그라들어 볼 상 사납다. 그 동안 장 닭의 눈치를 보며 비실대던 다른 수탉들이 암탉을 가로채 올라타고 객기를 부려도 하늘을 바라볼 뿐이다.

장 닭의 비시시한 모습에서 또 다른 장 닭이 오버랩 되며 나타난다. 깜짝 놀라 돌아보니 내 모습이다. 어느새 윤기 흐르던 머리는 빠지고 이마는 벗겨져 볼 상 사납고, 머리칼은 듬성듬성 허허하기 그지없다. 날카롭던 발톱은 거무죽죽 풀이 죽어 매가리 없이 벌렁거려 조금단 걸어도 아파온다. 불의를 보고 피를 흘리기엔 바람 앞에 약한 등불이다.

나이가 들어갈수록 장 닭은 물론 수탉 흉내도 제대로 못내는 자신을 돌아보며 회심의 미소를 짓는다. 평생 집사람에게 선물하나 선뜻 사줘 본 적이 없다. 어쩌다 작은 마음을 표해볼 양하다가도 약한 수탉이 되어 물건을 들었다 놨다 되돌아선다. 늘 주는 쪽은 아내이고 줄 줄을 모르니 째째하고 속이 좁아터진, 재미 나부랭이 하나 없는 늙은 수탉일 뿐이다. 그 때마다 다음 세상에선 나 같은 수탉은 절대 만나선 안 된다며 속내를 드러내 보지만, 옆 지기께선 무슨 생각을 하고 있는지 늘 묵묵부답이다.

나도 장 닭처럼 의리와 신념이 강하고 이상과 모험을 즐길 줄 아는 몽상가의 기질을 갖고 있으면 얼마나 좋을까. 그러나 그건 한낱 꿈의 불과하다. 언제쯤, 이 광야에 새벽을 몰아붙이며 백마를 타고 오는 바람 같은 사나이로 다시 태어날 수가 있을까. 오늘도 산골 마을의 여명을 알리는 수탉은 저리도 홰를 치고 있는데….

풍경(風磬)

자연에서 우러나는 소리는 언제 들어도 마음을 편안하게 해 줍니다. 돌아가는 계절의 순연 앞에 있는 그대로의 모습으로 다가와 귀를 열어주고 찌들은 영혼들을 흔들어 빈 마음을 가득 채워줍니다.

풍경(風磬)을 처마 끝과 마당 출입문에 달아놓고 또 다른 자연의 소리를 듣습니다.

풍경 소리의 울림은 단순한 쇳소리가 아닌, 자연으로부터 침묵과 영혼을 퍼 올려 주기에 더욱 가슴에 와 닿습니다.

여름에는 풀벌레 새소리와 함께 더위에 지친 몸을 닦아주고, 가을에는 설렁거리는 마음을 가라앉혀 줍니다.

요즘처럼 온 세상이 탱탱하게 얼어버린 한 겨울 밤에 듣는 풍경소리는 유별납니다.

'땡그랑땡그랑' 한음절의 단순한 쇳소리가 정적을 흔들며 영혼의 소리로 들려옵니다.

들을수록 서걱거리는 마음을 따사로이 적셔주고 굳어버린 머릿속을 말갛게 씻어 내립니다.

몇 해 전 여름, 중국 소주 한산사에 갔을 때 소주가 자랑하는 '풍교야박(楓橋夜泊)' 이라는 시에 '밤중에 들려오는 저녁 풍경소리' 란 구절이 마음에 들어 조만한 풍경 하나를 사다 오막살이 추녀 끝에 매달아 놓고 은은한 소리를 듣습니다.

바람이 불 때마다 달랑대는 종소리에 풍교를 건너며 중국의 낙원 소주에 두고 온 지난날의 추억을 되새기는 일, 또 하나의 작은 행복이 아닐 수 없습니다.

풍경 소리를 듣고 있으면 마음이 편안하고 따뜻해옵니다.

끌어 오르는 번뇌 망상을 씻어 내리고 더러워진 몸뚱이를 털어 버리라합니다.

올 한 해 동안 그토록 잘난 체해온, 위선으로 도배질한, 내 얼굴을 살펴보라 합니다.

눈엔 눈곱이

코에는 콧물이

입에서는 가래침이 가득합니다.

항문 배꼽 등 구멍 나 찌들은 곳마다 속물을 씻어내라며 성화를 부려댑니다.

풍경은 바람이 불 때마다 얻어맞으며 살아갑니다.

쇳덩이로 제 몸을 후려치고 몸부림을 잠재우며 은은한 소리가 나올 때까지 얼마나 많은 비바람을 만났을까. 쇳덩이가 제 몸을 달궈내며 '땡그랑' 거리는 이유를 한해가 저물어가는 지금에서야 겨우 알아차릴듯합니다.

달력 한 장이 덩그러니 달랑거립니다.

올해도 또 그렇게 세월은 우리 곁을 떠나려합니다.

한 해를 보내며 어떤 소리로 일 년을 채웠나 되돌아봅니다.

헛된 말로 사람을 속이고 번드르르한 목소리로 다른 사람의 환심을 사려 허송한 것은 아닌지….

지금 서쪽으로 넘어가는 동지섣달 짧은 해가 노루꼬리만큼 서산마루에 걸려 있습니다.

사위어가는 저녁노을을 받아 황금물고기가 반짝거리며 또 풍경을 울려 댑니다.

풍경

오늘 밤엔,

한 해 동안 무디어진 눈과 귀를 풍경소리에 담아 깨끗이 털어 버리고, 영혼의 울림을 되새김질하며 새해를 맞이할 준비를 해야 할까 봅니다.

가슴에다 또 하나의 풍경을 달고 우레와 같은 침묵의 소리를 듣습니다.

'땡그랑땡그랑.'

윤희경의 수필세계

李寬熙 (e-수필 편집주간)

창작문예수필
-팔딱이는 생명체와 시적감동에 대하여

윤희경의 '나눗셈하는 콩밭' 문장을 '문장' 이 아닌 다른 말로 부를 이름은 없을까. 문장이라는 말만해도 벌써 많이 딱딱하지 않은가. 윤희경의 문장은 생명체에서 느낄 수 있는 따뜻함, 피 뛰는 소리, 팔딱이는 생명체다. 그가 콩에 관해서 쓰면 그 문장은 문장이 아닌 콩 알 한 알 한 알이 된다. 방금 내 손안에 그 콩 한 알 한 알들을 굴리고 있는 듯한 느낌이 든다.

윤희경을 읽으며 애써 잊어버리고 있던 어떤 분노를 다시 느껴야 되었다. 내가 처음으로 '수필은 신변잡기에 지나지 않는다' 는 말을 들었을 때의 분노. 내가 만약 이 세상은 에덴동산 타락 이래 무지로 가득 찬 세상이 되었음을 믿는 사람이 아니었다면 나는 그때의 분노를 삭이지 못하였을 것이다. 그럼에도 '수필은 신변잡기에 지나지 않는다.' 고 태연하게 말 할 수 있는 그 벽면 같은 무지에 대한 분노는 너무 오래 내 가슴 속에서 응어리져 있었다. 나는 윤희경을 읽으며 그때의 그 분노를 되새김질 하지 않을 수 없었던 것이다. 왜냐하면 "윤희경을 읽고도 수필은 신변잡기에 지나지 않는다고 말할 수 있느냐?"라는 외침이 내 속에서 참을 수 없는 열기로 터져 나왔기 때문이다. 우리 가운데 윤희경 같은 수필작가가 있음이 행복하다.

-나눗셈하는 콩밭 중에서

윤희경의 '도리깨질' 을 읽은 감상도 다른 창작서정수필을 읽은 감상과 본질적으로 다르지 않다. 즉 '도리깨질' 에서 느낀 감동도 본질적으로 시적 감동이라는 것이다. 그런데 시적감동이라는 말 속에 다른 점이 하나 들어있다. '도리깨질' 에서 느끼는 감동이 본질적인 시적감동이라는 사실은 분명하다. 그런데 운문의 시를 읽은 감동과 같지는 않다는 사실 또한 분명한 것이다.

시가 운문양식의 문학이라는 점은 분명한 사실이다. 그러므로 시적감동 중에는 운문 양식에서 느끼는 감동도 포함 되어 있을 것임은 자명한 일이다. 그러나 시의 창조성이 운문에만 있다고 한다면 그것은 무리한 해석이 될 것이다. 시적창조성은 본질적으로 창조적 언어에 있다고 하는 편이 옳을 것이다. 근세의 산문문학인 소설도 시문학이라고 부를 수 있는 문학 이론적 근거가 그 점에 있을 것이다. 우리가 창작 서정수필에서 느끼는 시적 감동이 다름 아닌 시의 본질적창조성이 되는 창조적 '수필어'에서 느끼게 되는 시적 감동일 것이다.

그럼에도 운문의 시와 다른 느낌은 서정수필이 산문양식의 문학이라는 점에서 느끼는 것과 다른 느낌일 것이다. 이 새로운 양식의 시문학에 필자는 〈산문의 시〉라는 이름을 붙여주고 있다.

윤희경의 '도리깨질'은 정목일의 '대금산조'와는 다른 상(象)을 그려 보여주고 있다. 정목일이 구체화시킨 '대금산조'의 상이 보다 추상적인 그림이라면. 윤희경의 '도리깨질'은 한 폭의 농촌풍경을 담은 소품 같은 작품이다.

"청색 물감을 풀어놓은 듯한" "눈이 시리도록 파란 하늘"을 배경으로 부자가 "어깨를 저울질"하며 도리깨질로 "늦가을 적막을 짓이겨 놓고" 있다. "쏴르르 쏟아지는" "모기 눈알을 닮은 깨알들." 이 장면에 "세월의 무게"가 실려 있다.

"이제 그만 쉬시죠." "그래야겠다." "농산물 값이 형편없죠?" "말이 아니다." "농사일이 힘드시죠." "깨가 잘 여물었다."

부자간의 대화는 그대로 한 편의 시다. 산다는 것이 무엇인가? 그대로 한 편의 시가 아닌가?

도리깨질이 벌어지고 있는 그림 속의 마당 한 켠에 또 다른 장면이 있다. "군납 박스를 깔고 앉아 있는 늙은 어머니" "남편과 아들을 번갈아 보며 도리깨 떨어지는 소리를 가늠해" 보는 것으로 어머니의 인생이 펼쳐진다. 젊은 아들과의 도리깨질에 숨이 차하는 남편의 "높은 숨소리"에 "속일 수 없는 세월"을 느낀다. "바서지고 헤어져 쏟아지는 깨알들"에서 "자신의 분신이" 거기에 누워 있음을 보는 작중 속 어머니는 그대로 한사람의 시인이다. "석양처럼 빗겨간 세월의 덫개" 속에서 "어느새 빈 들깨 껍데기를 닮아가고 있는 인생." 눈물 한 방울 핑 돌아 깨알 속으로 툭 떨어집니다.

여기까지만 읽어도 독자는 충분히 한 편의 시적감동을 만끽하고도 남는다. 시라는 것이 무엇인가? 깨알 속으로 떨어지는 한 방울의 눈물보다 더 실체적인 시의 나상(裸像)이 무엇이란 말인가? 깨알 속으로 떨어지는 이 한 방울의 눈물 속에서 시의 실체를 보지 못하는 시인이 있다면 그는 시인이 아닐 것이다. 그러므로 깨알 속으로 떨어지는 이 한 방울의 눈물 속에서 과연 시의 실체를 만나 포옹 할 수 있다면 이 작품은 창작문학인 것이다.

그러나 시인(수필가) 윤희경은 여기서 만족하고 붓을 놓을 수 없다. 그는 좀 더 깊이 시(poetry)적 감동의 바위를 뚫고 들어가지 않을 수 없다. 그 이유는, "달달 떨며 굴러" 떨어지는 깨알들의 "알갱이들"이 마치 "내 안에도 아직 쏟아질 무엇이 남아 있을"것 같은 생각을 떨쳐 버릴 수 없기 때문이다.

“요즘 깨가 쏟아지지요.”

그런 말을 들었던 젊은 시절이 언제였던가? 이 고조된(대단원) 감정에서 다음과 같은 완전한 모습의 시적 종결어를 끌어내오므로 전체 작품이 한 편의 창작물로 태어나게 된다.

“아, 붉게 타오르는 단풍잎 사이로 새털구름 하나 조을 듯 긴 하품을 하며 응달 말 고개를 넘어가고 있습니다.”

그 새털구름이 무엇인가? ‘도리깨질’ 마당에 등장하고 있는 인생들이다. 이 작품이 ‘새털구름’이라는 비유에서 창작물로 완성된 까닭이 거기에 있다.

-도리깨질 중에서

문학의 발생설 중 ‘모방본능설’이라는 것이 지금도 유효한 까닭은 문학예술의 창작력은 과학 공식처럼 배워서만 얻을 수 있는 것이 아니기 때문일 것이다. 문학을 하기 위해서는 전문적인 수학과정이 필요한 것이 사실이지만 학문하는 일 외에도 ‘모방 본능설’의 ‘본능’이라는 말이 암시 해 주고 있는 어떤 천부적 재능이 필요한 것이 사실이다. 비록 그 재능이 작가가 될 수 있는 조건의 1%에 지나지 않는다 할지라도 그 중요성은 부정 할 수 없을 것이다. 필자가 우리 수필문학사에서 발굴 해 내고 있는 창작문예수필은 아무 이론적 배경이 없이 창작된 글들이다. 그런데 놀랍게도 1920년대로부터 2천 년 대 이르기까지 근 1백 년 동안에 씌어 진 작품들이 마치 약속이라도 한 듯이 하나의 뚜렷한 양식으로 이어지고 있는 것을 확인 할 수 있다. 그 일정한 양식에 필자가 붙인 이름이 '산문 구성적 비유의 형상물의 창작' 이라는 것이다. 구성적 비유의 형상물의 창작이라는 일정한 창작 양식은 누가 가르쳐 주어서 그렇게 된 것이 아니다. 창작문예수필은 지금도 학계에서 논의 된 일 조차 없는 새로 발견된 장르다. 그렇다면 어떻게 근 1백년이라는 역사를 아무 이론적 배경 없이 흘러오면서 각기 다른 시대에 산 작가들이 약속이나 한 듯이 동일한 양식의 창작물을 어떻게 만들어 낼 수 있었단 말인가? 그 설명은 아무래도 모방 본능설이 암시해 주고 있는 천부적 창작재능으로 밖에 설명할 수없는 일이 아닐까. **윤희경은 그 같은 천부적 창작력을 지닌 작가들 중 한 사람이다. 작품 "오목아, 제비꽃이 피었어"에서도 그 재능은 십분 발휘되고 있다.**

이 작품 속의 제비꽃은 봄이면 흔히 볼 수 있는 제비꽃들 중 하나가 아니다. 작중 화자 '나' 의 총각 선생 시절의 어린 제자 오목이의 은유적 형상물이다. 즉 윤희경은 그의 다른 작품들과 그리고 필자가 발굴하여 'e-수필' 지에 계속 발표하고 있는 선배, 현역 작가들의 모든 창작문예수필 작품들이 창작 해 내고 있는 것과 같은 양식의 〈제비꽃 오목이〉라는 산문 구성적 비유의 형상물을 창작하고 있는 것이다. 이 작품의 소재가 된 오목이 이야기는 족히 30년 전 쯤의 일일 것이다. 그러나 작품 현실은 30년 전이 아닌 '금년 봄' 이다. 30여 년 전 '오목이 이야기' 는 단지 이 작품의 소재가 되었을 뿐이다. (비창작)일반산문문학인 에세이(수필)는 소재와 결별 할 수 없다. 에세이문학에서는 소재 자체가 작품 내용의 전부이기 때문이다. 그러므로 에세이 문학에서는 그 소재가 30년 전 이야기이면 작품 현실도 30년 전으로 돌아가야 된다.

그러나 창작문예수필의 절대 조건은 소재와 결별해야 된다는 것이다. 창작문예수필이 에세이(수필)로부터 창작문학으로 진화되어 나오는 과정에서 일어난 결정적인 변화는 소재와의 결별이 이루어졌다는 것이다. 그 방법이 다름 아닌 '구성적 비유의 창작'이라는 것이다. 비유적 방법의 대표적인 형식을 편의상 은유라고 한다면 은유는 그것 자체가 창작의 세계다. 이 작품 속의 제비꽃은 오목이의 은유적 형상물이다. 그런데 오목이의 은유적 형상물인 제비꽃은 30년 전에 피어 있는 꽃이 아니다. 작품 현실인 '금년 봄에도' 다시 피어나고 있는 꽃이다. "제비꽃만 보면 지금도 봄바람이 일어난다."가 그것이다. 이 작품의 작품 감상의 열쇠는 바로 이 한 문장에 있다. 이 한 문장의 열쇠를 열고 들어가야 이 작품을 창작물로 감상 할 수 있다.

작중 화자 '나'가 지금도 해마다 봄이 되어 "제비꽃만 보면 봄바람이 일어나"는 그 '봄바람'의 실체는 오목이다. 그런데 그 오목이라는 제비꽃은 '병아리 솜털만한 봄볕 사이로 피어나는 꽃'이다. 키가 너무 작아서 허리를 굽혀야 눈 맞춤을 주고 무릎을 꿇어야 손을 내미는 꽃이다. 이것이 이 작품이 제비꽃이라는 은유적 형상물로 형상화 내고 있는 오목이의 구체적인 상이다. 이 세상에 아무리 작은 사람이라도 제비꽃처럼 '키가 너무 작아서 허리를 굽혀야 눈 맞춤을 주고 무릎을 꿇어야 손을 내미는' 사람은 없다. 그러나 창작문학의 세계에서는 가능하다. 윤희경이 창작하고 있는 오목이가 바로 그런 제비꽃 상의 인물이다. 이 같은 창작문학을 생산해 내고 있는 문학적 장치(구성)는 작품의 제목 "오목아, 제비꽃이 피었어"와 팬지꽃과 제비꽃이

제비꽃

나누는 상상 속의 대화 장면에 있다. 작중 화자 ‘나’가 상상 속에서 엿듣고 있는 팬지꽃과 제비꽃의 대화는 30년 전의 팬지꽃과 제비꽃이 아니다. 지금도 봄이 되어 “제비꽃만 보면 봄바람이 일어나”는 금년 봄에도 피어난 제비꽃, 즉 창작된 〈제비꽃 오목이〉와 팬지꽃의 대화인 것이다.

지금 작중 화자 ‘나’는 30여 년 전에 갑작스럽게 어린 나이에 세상을 떠난 그 오목이가 아닌 그 오목이가 소재가 되어 창작된 〈제비꽃 오목이〉와의 대화를 상상 속에서 팬지꽃과 제비꽃의 대화를 통해서 나누고 있는 것이다. 즉 형식은 팬지꽃과 제비꽃의 대화 형식으로 표현하고 있지만 지금 상상 속에서 대화를 나누고 있는 당사자는 작중 화자 ‘나’와 〈제비꽃 오목이〉인 것이다. “제비꽃, 너 까불면 나한테 혼날 줄 알아.” “내가 언제 까불었어요?”. 이하의 상상 속의 대화가 그것이다. 창작문예수필의 창작개념의 다양한 형태 가운 데 ‘과일나무 접붙이기’라는 것이 있다. 즉 창작문예수필의 창작 법은 돌배나무에 참배 나무 접붙이기와 같다는 것이다.

이 작품 속의 어린 제자 오목이가 갑작스런 죽음에 이르기까지의 이야기는 창작문예수필의 전신인 수필(에세이)문학에서 다루던 ‘사실의 소재’ 부분이다. 즉 돌배나무에 해당된다고 할 수 있다. 오목이의 갑작스런 죽음 이후의 상상 속의 대화는 돌배나무에 접붙여진 참배 나무에 해당 한다고 할 수 있다. 이 접붙여진 참배 나무 곧 상상력의 세계 속에서 〈제비꽃 오목이〉라는 참배 열매가 열리게 되었다. 창작문예수필의 이 같은 상상력의 세계의 창작은 앞으로 소설적 허구의 문제와 관련하여 많은 논란이 있을 것이다.

어디까지가 창작문예수필의 상상력의 세계이고 어디서부터가 소설적 허구의 세계에 발을 들여 놓게 되는 것이냐, 하는 문제들이 그런 논란의 주제가 될 것이다. 창작문예수필의 이론서 저자인 필자는 그 같은 논란을 예견하여 ‘소설적 허구의 세계는 성격적 인물의 세계이고 창작문예수필의 상상력의 세계는 심적(감성적) 인물의 세계’ 라는 개념으로 구분하고 있다. “성격은 행동의 주체이고 마음은 감동의 주체”라는 것이 그것이다〈창작문예수필이론서〉 이관희 청어출판사 48쪽 윤희경의 〈오목이〉의 상상력의 세계는 인물의 성격에서 비롯된 소설적 허구의 사건이 아닌 작중 화자 ‘나’ 의 오목이에 대한 그리운 마음의 정서에서 우러난 〈정서적 상상력의 세계〉 일 뿐이다. 필자는 이를 수필 문학적 감성의 상상력이라고 한다. 시적 상상력의 세계와 소설적 상상력의 세계가 다르듯 창작문예수필의 상상력의 세계도 다르다. 이 작품에서 그냥 지나칠 수 없는 중요 작법은 구성에 있다. 특별히 생략과 절제의 문장 구성이 그것이다. 서두 문장 “봄비가 지나간 자리,

---푸른 생명의 소리가 들려온다.”에서 “제비꽃만 보면 지금도 봄바람이 일어난다.”의 전개부분에 진입하는 데까지 단 한 문장의 다리가 놓여 있을 뿐이다. “제비꽃만 보면 지금도 봄바람이 일어난다.”의 문장을 받은 전개 부분은 곧장 ‘총각선생 시절, ---오목이라 했다.’를 만난다. 그 다음 세 문단 안에서 오목이는 ‘다음 세상엔 제비꽃으로 피어나 선생님을 기다리고 있을 게요.’ 한 마딜 남기고 죽는다. 여기까지 숨 돌릴 새 없이 단숨에 작품의 절정 부분을 향해 독자를 밀어붙인다. ‘문학은 사회의 반영이다’라고 할 때 그 ‘반영’이라는 말의 뜻은 ‘복사’를 의미하지 않는다. 그것은 사회를 소재로 삼아 문학이라는 상상력의 세계로 ‘문학화’한다는 뜻이다. 문학화는 복사가 아니므로 소재가 된 ‘사회상’ 그것 자체가 아니다. ‘사회상’을 소재로 하여 창작된 전혀 다른 세계다. 그렇기 때문에 창작이라고 하는 것이다.

이 작품의 경우 ‘총각선생 시절’의 오목이는 작가의 뇌리 속에 축적되어 있던 ‘현실의 세계’라는 소재다. 그 소재를 가지고 만들어 낸 〈오목아, --〉라는 작품은 전혀 그 소재의 오목이가 아니다. 그 소재의 오목이가 아닌 모습이 어떤 모습인가? 바로 위에서 비평자가 지적한 냉엄한 생략과 절제된 문장으로 그려진 오목이다. 사실의 소재, 즉 현실에서는 오목이라는 아이에 관한 말을 이처럼 냉엄한 생략과 절제로는 할 수 없다. 그렇게 하면 오목이에 대한 진술이나 대화가 불가능하게 된다. 그러나 이 문학작품에서는 오히려 그렇게 냉엄한 생략과 절제된 문장으로 재창조하였기 때문에 오목이의 이미지가 새로운 존재로 생생하게 살아나고 있는 것이다.

-오목아, 제비꽃이 피었어 중에서

　본 난 비평은 윤재근 교수의 창작수필 이론 〈말하는 에세이〉과 필자의 〈창작문예수필이론〉에 근거하여 〈창작문예수필〉의 이론적 근거를 텍스트를 통하여 확고히 다지는 한편 창작실험수필작품의 제작을 장려하는 목적에서 행해집니다. 그러나 〈창작문예수필〉이 아직 완성된 문학형식이 아니고 현재도 진화가 계속되고 있는 새로운 문학양식일 뿐만 아니라, 학계에서도 아직 〈창작문예수필〉을 '창작문학'으로 인정하고 있지 않기 때문에 '실험'이라는 이름을 덧붙입니다.

그리운 것들은 山 밑에 있다

2009년 04월 10일 초판인쇄
2009년 04월 15일 초판발행

지은이 : 윤 희 경
펴낸이 : 이 혜 숙
펴낸곳 : 도서출판 신세림
100-015 서울특별시 중구 충무로5가 19-9 부성B/D 702호
등록일 : 1991. 12. 24
등록번호 : 제2-1298호
전화 : 02-2264-1972
팩스 : 02-2264-1973
E-mail : shinselim@hanmail.net

정가 15,000원

ISBN 89-5800-076-7, 03810

＊ 잘못된 책은 구입하신 서점에서 바꾸어 드립니다.